奇怪的冰淇淋

奇怪的邀請函 1

作者·朴…… 譯者·劉小妮

이상한 초대장1 아이스크림의 비밀

目次

W.C

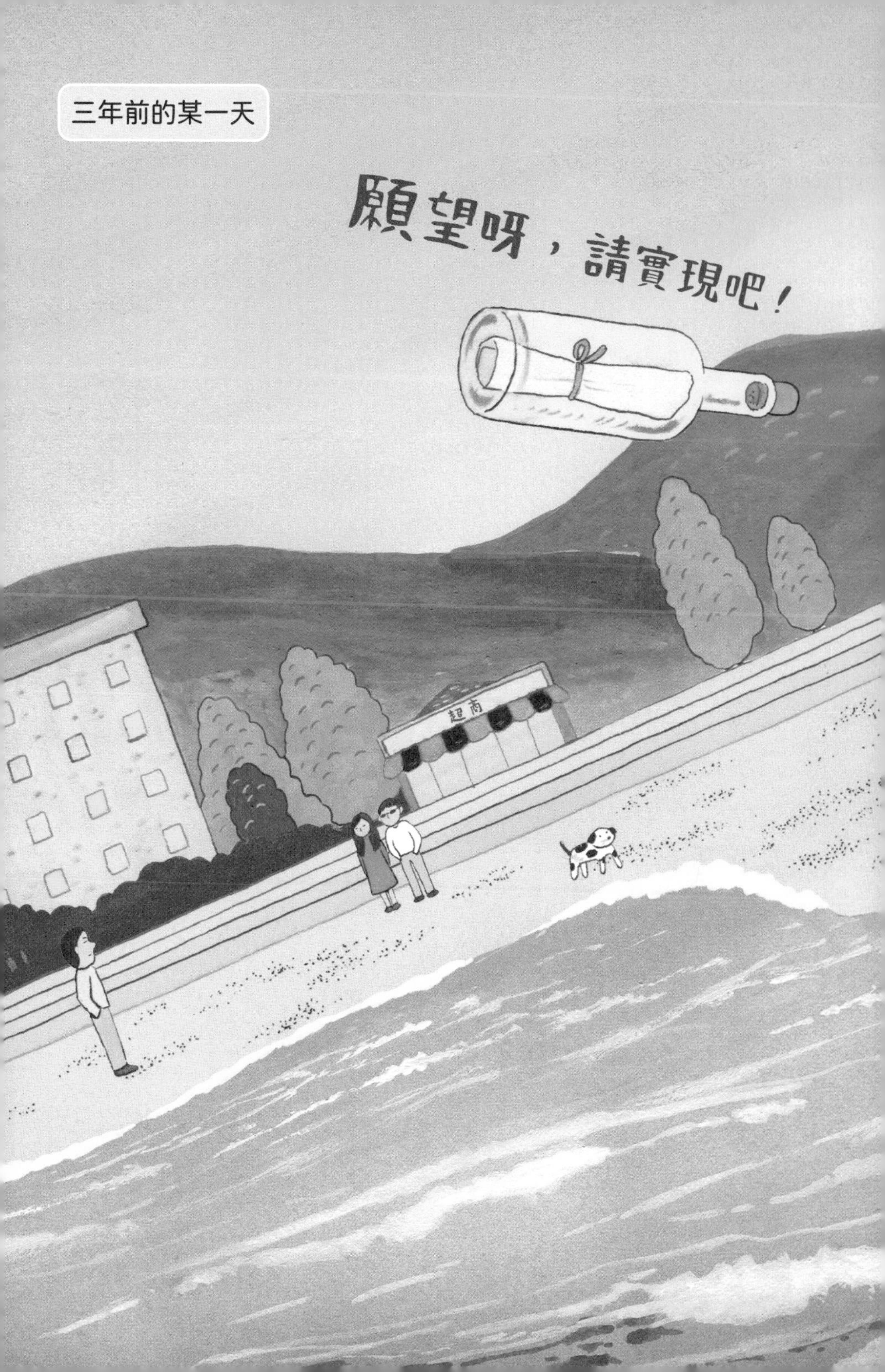
三年前的某一天
願望呀，請實現吧！
超商

奇怪的邀請函

連續兩天大雪紛飛。

雪剛停，氣溫就馬上降到零下十五度，加上狂風嘶吼，體感溫度應該是零下二十度？堆積的雪在融化之前先結成冰，整個世界變成了一個溜冰場。

「自有氣象預測以來，第一次遇到這樣的寒流，道路變成了溜冰場。即使竭盡全力除雪，依然達不到任何效果。寒流期間請大家盡可能不要外出，注意健康和安全。」

只要打開電視，馬上能夠聽到一再重複的氣象新聞，而「寒流」和「溜冰場」則持續在網路上爭奪即時熱門查詢關鍵字第一名。

我穿上衣服，走出户外，因爲瑞玖說今天一定要吃到熱狗。在大市場入口處，有一間剛開十天的熱狗店，這家店一開張馬上變成爆紅美食店家。不知道到底聚集了多少人，大家為了吃到這家的熱狗必須排上好幾個小時。通常生意好成這樣，店家會多找幾個人手幫忙，但這家熱狗店老闆爺爺依然是一個人忙進忙出，再加上老闆爺爺的動作超級緩慢，讓人看了格外心急。

我因爲討厭排隊，所以開幕十天了都無法吃到熱狗，只是在外觀看。不過開始放寒假了，所以我們打算今天在店家開門前就去排隊，我跟瑞玖約好在去市場的捷徑向陽村碰面。

「天呀，好冷。」剛走出玄關，身體就不自覺地瑟瑟發抖。想到我們在這種天氣還決定要出門去吃熱狗，不由地嘆了口氣。

二〇二號信箱中有一封藍色信封特別顯眼，但是上面沒寫收件人，也沒寫寄件人，也沒有寫寄給幾號樓，只有寫「向陽公寓」。

「為什麼會放在我家的信箱呢？」一打開信封，馬上聞到一股味道！氣味直擊鼻子，是一股香噴噴的味道。

「廣告傳單？我沒有在等什麼呀！也不知道什麼自動販賣機，當然也沒有數著日子等，也沒有寤寐不寧。」我邊嘀咕著邊把廣告紙放入馬路邊的退件箱。

「我倒是數著哪天可以吃到熱狗的日子，過去十天都沒有吃到！如果有賣跟那家店相同的熱狗販賣機，應該會大受歡迎。」

我朝著已經放入退件箱的信封揮了揮手。

「不過到底是賣什麼的販賣機？居然忘記寫上

-邀請函-

您等了許久嗎？

或許數著日子等很久了吧？

也等到常常寤寐不寧吧？

非常抱歉拖到這麼久。

本週三您的專屬自動販賣機

終於就要開張了。

＊注意：只能在氣溫零下十五度以下時使用！

最重要的內容，這位販賣機主人也是忙昏頭了。」

汽車慢吞吞地往前行駛，天空又開始下起了大雪，就在我走到前往向陽村的上坡時。

「咦，什麼？」我被眼前不可置信的景象嚇到睜大雙眼。有一位身穿白色夾克，戴著帽子的人正用盡全力拉著手推車往上坡路走，車上好像載著一個龐大的物品。

「難道他以爲能拉得上去嗎？現在路面完全是溜冰場。」那輛反覆著前進一步、後退兩步的手拉車就這樣嘩啦啦地滑到了我的眼前。

拉車的人轉頭看了我一眼，那件白色夾克上的帽子超級大，整張臉因此被帽子遮住一半，只看得到那人的嘴巴和又厚又圓的下巴。

天呀！我的心突然往下沉並想著「鬍鬚那麼多？根本是熊？不、不，我一定是看錯了！我的視線被雪蒙蔽了。」因爲那人的鼻子下面、嘴巴周圍，以及下巴都長滿了毛茸茸的白鬍鬚。嚇一跳的我趕緊避開他的視線，繼續往上坡走，並且用手壓住被嚇壞的心臟。

我到了跟瑞玖約碰面的超商前，寫著「韓亞超商」四個紅字的玻璃已經裂成兩半，寒風就從破裂的縫隙進出，產生有如咆哮的風聲。

我等了一陣子，瑞玖還沒出現，而且傳簡訊也沒回、打電話也沒接。我渾身凍僵，並開始失去知覺，慢慢感到煩躁，正當我猶豫要不

第一
一期大廈
SALE

K24
NEW
24
便利商店

要自己先去熱狗店時。

「天呀？」我嚇得張大嘴巴，因為剛剛那位像熊的人居然把手推車拉上來了，他到底是用了什麼方法拉上來的？難道他有超能力？

「應該是這裡。」那人從口袋中掏出一張紙仔細看過後，又環視了四周。

我偷瞄了他一眼，確認是鬍鬚沒錯。只是人的臉上可以長出那麼多鬍鬚嗎？我繼續偷偷觀察他，除了毛茸茸的鬍鬚，並沒有其他異常。

那人開始卸下手推車上的物品，我實在無法忍受在旁觀看，於是決定出手幫忙。只是那個物品太大、太重，實在令人心浮氣躁，陸續把物品放好並掃去上面的積雪後，物品的真面目出現了——看起來是一台自動販賣機。

「您是打算在這裡安裝販賣機嗎？可是這個社區內沒有人會買。」我邊看他的臉色邊說。

那人又看著那張紙好一陣子。

「康宇！」就在這時候，瑞玖跑了過來。

「誰呀？」瑞玖指著長得像熊的人問道。

我聳了聳肩，又搖了搖頭。

「原來不是這裡。」那人看著紙張喃喃自語，接著把販賣機再次搬上手推車，我和瑞玖見狀也一起幫忙搬。

「謝謝！」他再次拉起手推車，一轉眼不知道走去哪裡了。

「我是問說他是誰？」瑞玖再次問道。

「我也不知道。」

「你有看到那人的手嗎？手上長滿了毛茸茸的白毛，簡直是熊！」

「對呀！臉也是幾乎都是毛，感覺是很特別的人！好了，我們快走吧！不然今天可能也吃不到熱狗了。」

不賣給你！

我跟瑞玖走到熱狗店時，排隊人群已經超過一百公尺了。

「這些人到底是幾點來排的呀？都不用睡覺嗎？」今天可能也吃不到熱狗的不安想法，從我腦中一閃而過。

熱狗店老闆爺爺把插著熱狗的竹筷放入生麵糰中，然後慢吞吞地轉動，讓熱狗沾滿生麵糰後，再慢慢地拿出來撒麵粉後才下鍋，接著炸的時間也很漫長。熱狗是要炸得金黃酥脆才好吃沒錯，如果能快點炸好該有多好，但是現場實在太慢了，慢到不行。

過了好久，熱狗總算炸好了。老爺爺把熱狗用讓人受不了的慢速動作取出來，用緩慢的口吻問客人是要沾砂糖、還是要番茄醬。

「我們走吧！」等待炸熱狗的時候，我感覺自己的心也像熱狗那樣，劈里啪啦的炸過了。

「不是說今天就算排一千公尺也要等嗎？」瑞玖表示無論如何都不能放棄。

「我覺得冷。」

「我們不是說好今天一定要吃嗎？」

「你先吃。」就在這時候，有一支熱狗突然出現在我面前，香噴噴的味道飄入鼻子深處，抬頭一看原來是河瑛在說話。

「我重新排隊就好。」河瑛把熱狗放在我手上後，就直接走到隊伍的最後面。

我看一眼河瑛的背影，突然火大了。我什麼時候要求河瑛給我熱狗了？為什麼要給別人不想要的關懷，這樣做反而造成對方的困擾。

「我們吃吧。」瑞玖邊說邊打算把熱狗拿過去。

「不行！要還回去！」

「為什麼？我們又沒有威脅河瑛，拜託你就直接吃吧！」

我甩開瑞玖的手，走向河瑛。

「對方不想要的親切就不是親切！我是有叫妳買熱狗給我了？還

是我有叫妳幫我排隊了嗎？我吃不到也無所謂，總之我不想吃這個熱狗。」我把熱狗退還給河瑛，立刻轉身打算離開。

「真的很好笑！別人要給你，為什麼不吃？」瑞玖因為沒吃到，對我嘮叨個不停。

我不禁因此惱火，轉頭對瑞玖說：「熱狗還不都是一樣，有什麼特別？我們就當作吃過就好了，而且硬要說的話，不吃反而更好！油炸食物對身體不好，吃太多的話會有心血管疾病風險，尤其瑞玖你家的遺傳基因，更要特別小心！你，最近變胖了吧？」我察覺自己說到多餘的遺傳話題後便開始後悔。

「你何時開始關心我的健康了？而且你確定清楚我家的遺傳基因

雷納聖斯
麵
往向陽市場

嗎？對，沒錯！我很胖沒錯！我們全家都很胖沒錯！即使如此我還是想吃，就算對身體不好也想吃！而且吃一根熱狗是能讓我體重增加多少？我就是超級想吃！比起生病的痛苦，沒吃到讓我更痛苦！河瑛要讓我們吃，我們就爽快吃掉，為什麼不要？」瑞玖說得很委屈。

「我就是不要！還需要理由嗎？不要再說了！」我不耐煩地回答，我因為討厭跟河瑛走在一塊，也討厭跟她說話，更討厭跟她對到眼，所以我怎麼可能爽快接受她給的熱狗！瑞玖真是完全不懂我的真實想法。

「康宇，我真的很好奇，你為什麼討厭河瑛？你以前不是很喜歡她嗎？以前你一看到她馬上就會臉紅，害羞到連頭也抬不起來！」

「你說誰？誰喜歡過她了？你拿出證據呀！你拿出我喜歡河瑛的證據呀！」

「喔？那人。」瑞玖沒回答，反而用下巴指了指前方。

剛剛那位長得像熊的人正在大馬路對面，也就是在我們公寓大樓入口處安裝販賣機。

「太強了！拉著手推車是怎麼走到這裡？」

「對呀！馬路已經完全結冰……，我們去看看是賣什麼的販賣機。」瑞玖率先跑在前頭。

「要去向陽公寓，我走錯了，來到向陽村。是啊是啊，我走錯了！」那人看到我後這樣說道。

這是很有可能的，因爲向陽村成為空村之前，就有許多人跑到向陽公寓，問我們這裡是不是向陽村。

「這是賣什麼的販賣機？」瑞玖問。

那人不回答，只是繼續用毛巾用力擦拭被雪覆蓋住的販賣機。

「我問你這台販賣機賣什麼？」瑞玖再次問，那人還是不回答。

瑞玖的臉開始慢慢地漲紅，看來是自尊心受創了。

「我其實一點都不好奇你要賣什麼，我只是禮貌上問問。」瑞玖用一種你不想說就算了的口吻。

「不賣給你。」

「什麼？」瑞玖瞪大眼。

「我說不賣給你！是啊是啊，不賣。」

「為什麼？憑什麼不賣給我？我，我身上有帶錢喔！」瑞玖勃然大怒，大聲喊道。

「我不是說你看起來像沒有錢。」

「那麼，為什麼說不賣給我？」

「生氣了？」

「如果是大叔你的話，會不生氣嗎？大叔走進某家店，結果老闆不明究理地就說不賣東西給你的話，你心情會怎樣？你不會覺得被瞧不起嗎？」瑞玖提高聲量問。

「我沒有瞧不起你！是啊是啊，原來會這樣覺得呀？這個販賣機只有預約的客人才能使用。我完整的意思是說你因為沒有預約，所以不能賣給你。」

聽到只賣預約的客人這句話時，我跟瑞玖彼此互看了一眼。

「現在連販賣機也要預約嗎？是在網路上預約嗎？」瑞玖問。

我搖了搖頭，我也是第一次聽到這種事情。

「好，我來預約。今天預約的話，什麼時候可以買？」

「預約已經結束了！是啊是啊，結束了，已經再也不能預約了。」

那人說完後，就用戴著手套的手非常細心、認真地把販賣機擦了又擦。

結果我們還是無法知道這是賣什麼的販賣機，如果是賣飲料，應

該會陳列出來，若是賣咖啡或茶，機器上也應該會有咖啡或茶的圖案和品名，但是販賣機主人正在擦拭的這台販賣機內，看起來好像沒陳列任何商品。

「我們明天來看看到底是賣什麼，其實不看也知道，不是什麼特別的東西。」瑞玖認為一定是賣一些退流行的商品，因爲沒什麼人要買，生產量很少才要用預約制販售。如果是很受歡迎的商品，工廠應該會大量製造、大批販售，好像通常要這樣才能賺大錢。

我突然想到今天出門前的邀請函，印象那張紙上寫著販賣機怎樣又怎樣的。

「你跟我來一下。」我帶瑞玖來我家，從退件箱中撈出那只藍色信封給他看。

「這是什麼味道？有股香甜的味道？看來住在這個公寓的人有預約販賣機？這張邀請函是放在哪一戶？」

「放在我們家！但是我沒預約過販賣機，我爸媽總是忙到不可開交，也不可能預約。信封上沒寫門牌號，大概是放錯了？也許就像你所說的，我們公寓內應該有人預約了販賣機，到底是誰呢？」

因爲不隨便賣給任何人，所以更讓我們好奇。不，不只是好奇而已，而是超好奇。

瑞玖回到家之後，立刻又打電話過來問：「邀請函上寫窸窣不寧這句話，那是年齡很大的人才會使用的詞，就像康宇你平常會說什麼寤寐不寧嗎？」

「不會。」

「所以呀，那台販賣機賣的非常有可能是老爺爺、老奶奶才會用的東西，而且更有說服力的證據就是只能在零下十五度以下時使用。意思是賣的東西只有那個氣溫才能使用，嗯，根據我的推理應該是電熱毯，可能是那種只要用一點點電，卻功能超強的電熱毯。這對老爺爺、老奶奶來說很棒的東西。換句話說，我們可以不用再為了那台販賣機花費心神了。」瑞玖推理的似乎很有道理。

我跟瑞玖講完電之後，開始認真回想住在公寓裡的老爺爺、老奶奶有哪些人。我家是兩棟十層樓的大樓，全部加起來只有八十戶，如果有心想找出預約的人，應該做得到。

「應該要找出那個人，把邀請函送出去才對吧！」因爲那個預約的人可能就像邀請函上所寫寤寐不寧地等待著。

我去找警衛大叔，問他老爺爺和老奶奶都住在幾號房，警衛大叔說這個要去問管理室。但是我去問管理室的員工，卻馬上被一口回絕，他們說這是個人資訊，不能隨意透露。

什麼奇怪的販賣機都有

我寤寐不寧地等待星期三來臨，第一次深刻體會寤寐不寧這詞是用在什麼時候。那台販賣機到底賣什麼？越去猜就越想知道，也想知道預約的人到底是誰？是網路預約？或是直接去某個地方現場預約？一個問題衍生出下一個問題、下一個問題又衍生出另外一個問題。

星期二晚上我完全無法睡不著，直到半夜才真正入睡。

「天氣為何如此反覆無常？今天這天氣大概要讓青蛙以為春天來

了吧？」我聽到媽媽的聲音後，猛然睜開眼。爸爸、媽媽正在準備出門，我打算等他們出門後，就馬上去看販賣機。

這時候手機收到瑞玖的訊息，我立刻拍了一張販賣機四周冷清的照片傳給他，隔沒幾秒瑞玖馬上打電話過來。

「我又做了新的推理！那台販賣機的主人應該是在說謊，什麼要預約根本就是亂說一通！大概想要用這說法來吸引人們的好奇心，因為路上販賣機超級多，所以那人一定是想先讓大家產生好奇心，再慢慢開始做

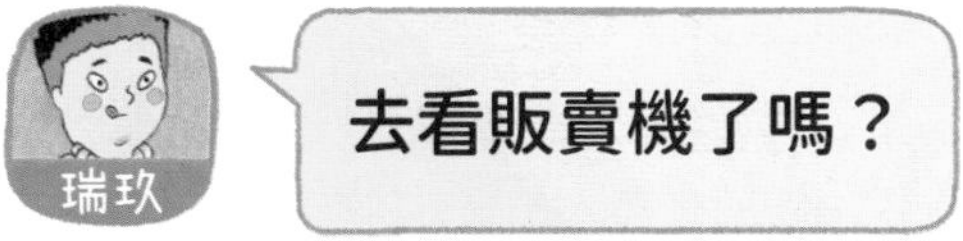

生意，因此我猜那台販賣機的主人跟其他人一定也是說要預約才行，邀請函當然一定也是到處寄送了。這樣一來除了我們，還有許多人也會天天盼著星期三來臨，對販賣機充滿了期待。我的推理，如何？」

「好像很有道理。」雖然很有道理，但是不知道為何我突然一下子洩了氣，可能是我寤寐不寧太過期待星期三的來臨。

「不要再管販賣機了，我們去吃熱狗吧！今天天氣很好，即使排隊等很久也沒關係。」瑞玖只要一提到熱狗，口水就像要滴下來似的，真是一迷上什麼就堅持到底的個性。

我和瑞玖在向陽村入口處碰面，天氣非常溫暖，路上結冰也都融化了，不過因此路面滿是泥濘。

「感覺冬天就要消失了，你也知道地球暖化有多嚴重吧？氣象預測出現最低溫也是因爲地球生病了。可能因為冬天太快消失會有點那個，所以才會出現最強寒流後再消失吧。」瑞玖邊避開泥濘邊說。

「沒冬天不是很好嗎？我爸說冬天送貨最辛苦了，摩托車騎在結冰的路上最危險。」

「對，但是你們家是開中華料理店吧？對你爸爸來說，冬天消失當然很好，但是從地球整體來看的話，地球暖化是很嚴重的事情。」

「不管怎樣，我還是覺得冬天消失很好。」可能因爲天氣變好，熱狗店前的隊伍更長了，這次完全看不到盡頭。

就在我看著排隊人潮，思考著今天乾脆放棄的時候，突然有一支熱狗突然出現在我面前，抬頭一看又是河瑛。

「呀，好煩。」就在我猛地舉起手想推開河瑛的瞬間，那支熱狗飛向天空，然後就迅速墜落到地面，掉落的熱狗還轉了兩圈才停止。

瑞玖嚇得直擊我的肋骨，而我也是被嚇傻了，因爲我沒想過要讓熱狗掉在地上。河瑛就這樣看著我，接著她的雙眼慢慢地流下眼淚。

「我不是有說過不要給對方不想要的親切嗎？」我感到有點抱歉，因此故意更加倔強。

「我……我只是想要遵守約定而已。」河瑛開始唏哩嘩啦地流出眼淚。

我不知所措的站著，心想這需要哭嗎？還有說的約定又是什麼？

河瑛把掉在地上的熱狗撿起來後，就轉身離開了。

「你跟河瑛約定了什麼？是要河瑛買熱狗給你嗎？康宇，你絕對要好好想一想！是不是你約定後就忘光了？如果是這樣的話你就不對了，無視對方的誠意真的很不好。」瑞玖說道。

「沒那種事。」完全失去吃熱狗的念頭後，我頭也不回的回家了。

瑞玖一邊跟上來一邊開始嘮叨，說什麼這樣下去到老死之前都吃不到熱狗，死後墓碑還要刻上願望是吃熱狗的吳瑞玖在此長眠。

「真的很奇怪！你之前明明很喜歡河瑛！雖然我是沒證據啦。」

「瑞玖，你到底為什麼常常對我說這種話？如果是你，會喜歡河瑛嗎？像她這種被大家排擠，動不動就哭不停的人，你會喜歡嗎？我今天太挫折了！先走了，明天見。」我氣呼呼地一口氣說完就走了。

其實我是真的曾經喜歡過河瑛，不過那是不懂事時期的故事，那個不懂是非、不知人情世故的一、二年級的事了。如果我當時就知道她是這種人的話，絕對不會喜歡她。我現在不喜歡河瑛，但是她反而好像喜歡我，一想到是被大家霸凌的人喜歡，那種感覺真的超可怕。

我吃過午餐後，慢慢散步去看販賣機，四周依然冷清清。

「這是什麼販賣機？」有位路過的老奶奶問道，仔細一看，原來是住在隔壁社區的老奶奶。

「不知道。」

「現在的國小學生都聰明伶俐，什麼都知道，難道你不知道嗎？」

聽起來好像在說我不聰明。

「我不太清楚，可能是賣電熱毯的販賣機，也可能不是。」

「是喔？還有這種販賣機喔？是哪種電熱毯？可以熱敷腰部吧？

而且還要夠省電才捨得每天用。」老奶奶看來有點興趣。

「我也不知道！但是販賣機主人說這台販賣機不隨便賣給任何人，不賣給奶奶您的機率很高。」

「不隨便賣給任何人嗎？那要賣給誰？」

「說是只賣給有預約的人，您有預約嗎？」

「真是什麼奇怪的販賣機都有，我就從沒聽過販賣機還要預約，不過我也正好要找電熱毯……。」老奶奶露出失望的表情咂嘴道。

「你幾年級啦？」老奶奶突然提出不著邊際的問題。

「四年級。」

「你未來想做什麼？」

「我還不知道。」

「那你就當個能發明出厲害電熱毯的科學家，如何？研究適合用來熱敷疼痛的腰和腿的電熱毯，那種不管連續用幾天，即使長時間不關也沒有危險的電熱毯。我從七十歲那年開始，一直到現在八十二歲都有這個心願，我猜應該有許多老人都跟我相同的心願。」老奶奶真心誠意地說道。

「您許願的時候要跟有那種能力的人許願，這樣夢想成真的機率才會比較高，現在就是去拜託正在研究這種事情的人。嗯，不然您在新年第一天日出的時候跟太陽許願，或是每個月和滿月許願，我奶奶就是這樣做，然後等我長大……」我話說到一半就停住了。因爲等我長大之後，老奶奶可能已經不在這個世界了，我實在無法繼續說下去。

奇怪的冰淇淋

暴雪徹夜紛飛，風勢也十分猛烈，窗戶嘎吱作響，讓我睡睡醒醒超過十次以上。風透過窗戶縫隙吹進來，把窗簾吹得不時晃動，真的很可怕。

隔天早上的暴雪好像下得更嚴重了，氣溫降低許多。

我還窩在棉被內捲成一團躺在床上時，瑞玖傳來簡訊我想假裝沒看到，沒馬上回覆。今天的天氣實在讓人

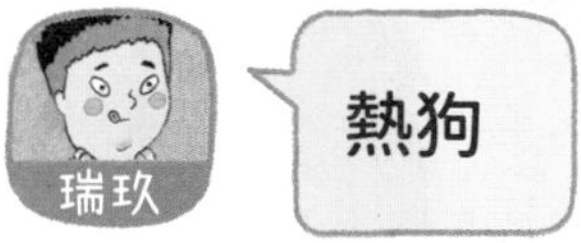

不想出門。

瑞玖又再次傳來簡訊，假如我繼續不回，他可能會一整天傳個不停。

「呀，真是沒完沒了。」

我嘆口氣後坐起來。我邊穿衣服邊抱怨熱狗店的老爺爺，大韓民國這麼大、有這樣大的土地，為什麼偏偏在我們社區附近做生意。

熱狗

在向陽村入口見。
但如果隊伍太長就放棄。

今天可是一不小心就可能會凍死的天氣。

「那是什麼？」我出門時在信箱前停了下來，因爲原本被我放在退件箱的那只藍色信封，再次放在我家的二〇二號的信箱，所以我再次把信封放入退件箱後，走出公寓。

暴雪迎面撲來，烈風也忙著拍打著我的臉頰。這種天氣還要為了吃熱狗走到市場，我忍不住嘆了口氣。

販賣機也在狂風暴雪中搖搖晃晃，販賣機主人曾那樣仔細擦拭過的販賣機，在飽受暴雪折磨後看起來一片狼籍。

「咦？這不是冰淇淋嗎？」我在販賣機前面停了下來，仔細一看上面好像貼了什麼照片或圖片，當我看到冰淇淋圖片的瞬間感到非常失望，因爲我原本期待會賣更厲害的東西。

冰淇淋一共五種顏色——分別是紅、黃、綠、黑、藍，我猜紅色是草莓口味、黃色是香蕉口味、綠色是奇異果口味，藍色肯定就是薄荷口味了，但是不知道黑色是什麼口味。

「大冷天居然有冰淇淋販賣機，而且今年還是特別冷。」我開始同情起販賣機主人，為了賣冰淇淋，居然要拉著沉重販賣機的手拉車到各個社區四處裝設？這只要去超市或便利商店就能買得到的冰淇淋。

「賣如此常見的冰淇淋，居然還需要預約……？枉費我這麼好奇。」不過我往前走幾步之後，又再次停了下來。

吃冰淇淋真的要預約嗎？那句話如果是真的，這裡的冰淇淋跟我所知道的冰淇淋有不同嗎？難道不是普通的？我再次走到販賣機面前，但是只看圖片還無法知道。

「哇，是冰淇淋販賣機！我要吃草莓口味。」就在這時候有位戴著黃色毛帽的小孩像風那樣跑了過來。

那小孩把錢投入機器後，按下紅色冰淇淋模樣的按鍵。嗒嗒嗒聲之後，販賣機沒有出現冰淇淋，反而是退錢了。那孩子又重複投幣幾次、再按了幾次冰淇淋按鍵，但還是失敗了。

「壞掉了。」那孩子丟下這句話就跑走了。

「難道真的要有預約才能買嗎？」我看了販賣機許久後才離開。

暴雪越來越大了，但是熱狗店前面依然大排長龍。人們站在暴風雨中跺著腳，等待不知道何時輪到自己。

「很冷吧？」我看著瑞玖說道，心想他說不等了該有多好。

「當然冷，不過今天絕對不能放棄。」瑞玖說得很堅定，我心中開始後悔跟如此固執的人當朋友了。

「為了熱狗竟然可以這樣拚命。反正應該不會真的凍死，為了朋友，我可以忍。」我正要緊閉雙眼開始忍耐。遠遠地好像看到河瑛，她拿著熱狗站在那邊，我因此好奇她到底是幾點來排隊的。

「如果河瑛今天要給你熱狗，你什麼都不要說，好好收下就好，懂嗎？」瑞玖咕嘟一聲，吞了口水說道，但是我已經看到河瑛一邊吃著熱狗一邊轉身走了。

我的雙腿凍僵了，好像腳已經不是我的腳；漸漸我的臉也好像不是我的臉，感覺像是摘下別人的臉貼上來。

「對不起，生麵糰沒了！」突然熱狗店的老爺爺大聲喊道。

排在我和瑞玖前面就只剩五個人而已，失望的瑞玖立刻追問老爺爺怎麼會這樣？但是心裡已經知道就算追問，今天也不可能有麵糰了，頓時渾身無力的瑞玖，因爲吃不到熱狗而轉身默默擦拭眼淚。

「那台販賣機，是賣冰淇淋。」我轉換話題，跟瑞玖提起販賣機。

「冰淇淋？預約才能吃嗎？」瑞玖跟我提出了相同疑問。

「是不是跟我們所知道的冰淇淋不同？」我問瑞玖。

「冰淇淋再不同，也不會有什麼特別吧？而且我討厭冰淇淋。」

瑞玖說完就轉身直接回家了。

「到底是誰因爲喜歡吃熱狗，甘願天天來排隊？」我莫名對瑞玖的行為感到失望。我走向風中搖晃著抵擋暴風雪的冰淇淋販賣機，每次晃動時販賣機都會發出咯吱聲。我開始有點擔心再這樣下去販賣機會翻倒時，這才想到比起仔細擦拭，販賣機主人應該把販賣機固定好更重要吧？

「我也試看看？」我掏出錢投入販賣機，然後按下唯一有亮燈的紅色冰淇淋按鍵。

砰，冰淇淋立刻掉進取物口。我瞪大眼半天說不出來話來，其實我完全不期待冰淇淋會出來，只是想說試試看⋯⋯。

「騙人！說什麼只賣給有預約的人，但是販賣機主人為什麼要對瑞玖這樣說呢？是因爲不喜歡瑞玖才那樣說嗎？」如果瑞玖知道的話，會怎樣呢？看來不管怎樣，最好對他保密。

「哇哦！」吃下冰淇淋的瞬間，我的雙眼忍不住睜得大大的。冰淇淋一入口，嘴巴內就充滿了香甜爽口的味道，全身上下好像瞬間變得甜蜜起來。

「第一次吃到這種冰淇淋，真想把它列入最佳口味的冰淇淋金氏世界紀錄。」我本來想慢慢品嚐，沒想到一下子就吃光了。

我整理過遺憾的心情後，就走回家了。洗手時，我無意間看到鏡中的自己，差點嚇昏過去——我的嘴唇變得通紅，不只是嘴唇，連舌頭也是鮮紅、門牙、臼齒和犬齒也全被染成紅色。

「這是什麼?根本就是吸血鬼德古拉。」我馬上衝去刷牙,但是不論我怎樣刷,紅色還是無法刷掉。

「該不會那冰淇淋含有吃了就會死掉的色素?」我的心臟猛烈跳了一下,回想起來那個販賣機的主人奇怪之處不只一兩點。

「我必須找出那個冰淇淋色素的真相。」我焦慮不已的想著,於是下定決心去販賣機前等那位主人出現。

「在那裡!」就在公車站附近,那位販賣機主人正在人行道的對面走著。我趕緊跑過去,但是就快要追到的時候變紅燈了。

我不安地望著那人越走越遠,終於變綠燈了,我快速地衝過去。販賣機主人正站在熱狗店前面,結束營業的熱狗店前一片冷清。我看

到他走到熱狗店後面，打開後門走了進去。

我走近把耳朵靠在門上，聽到裡面一陣陣傳出哐啷哐啷聲響。

奇怪的聲音讓我更加好奇的輕推了一下門，沒想到門就這樣打開了。室內漆黑昏暗，但是可以聞到香甜的味道，好像是冰淇淋糖漿的味道。等眼睛稍微適應黑暗後，我看到販賣機主人坐在椅子上正努力地做著什麼。

哐啷哐啷，無法辨別的聲音充滿了房間。

我知道現在正是找出冰淇淋奇怪色素的大好機會，但突然有點猶豫，想到如果這樣隨便走進去，說不定會出不來而感到害怕。

「不行！太危險了！還是先回家吧。」就在我打算關上門的瞬間。

「既然來了，就進來吧！是啊、是啊，來了就進來吧！左邊牆壁上有電燈開關。」那人轉過頭來，親切地跟我說。

我按了開關後，咔嗒一聲，房間變亮了，這個比我房間大兩倍的房間裡掛著粉紅色的窗簾。

哐啷哐啷——聲音來自一台手掌大的機器，正在製造三角帽模樣的餅皮，那好像是裝冰淇淋的餅乾。光是看著香脆的金黃色餅乾，就能想像一口咬下去酥脆的聲音。

「就是那個！有問題的色素。」機器旁邊放著兩個桶子，另外一邊的矮桌上陳列著好幾種顏色的瓶子。

「關好門再進來。」販賣機主人說道，我在關門前也稍微猶豫了一下，該不會關上之後就永遠無法打開了吧？

「孩子。」

「是？」因為販賣機主人突然大聲呼喊的關係，我嚇一跳的瞬間不自覺地把門關上了。我緊緊地壓著撲通撲通跳得過快的心臟，假裝處之泰然地轉過身來。

「如果你要問我為什麼跟蹤你……，不……不是跟蹤。」我說出跟蹤這兩個字時，自己也感覺很差所以停頓了。

「如果要問我為什麼跟上來的話，請看我的嘴巴！我買了販賣機的冰淇淋，吃了就變成吸血鬼的嘴巴了！如果連犬齒都變尖的話，根本就是無可救藥的吸血鬼了。這該不會是有毒的色素吧？」說到有毒兩個字時，我瑟瑟發抖。

「你現在還活著啊，你非常健康。沒有讓人死掉的毒色素，不要擔心！是啊是啊，還有被染紅的嘴巴，等到消失的時候就會消失，所以也不用擔心，過來坐吧！」販賣機主人邊說邊慢慢地脫下帽子。

我看到他正面的瞬間，心臟差一點跳出來，他不是長得像熊而已——他是真正的熊，貨真價實的北極熊。

我沒有寄過這封信

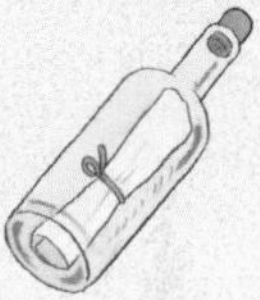

滿臉被白色的毛覆蓋著，眼睛小到就像雪地上兩顆被分開的黑豆，雙手毛毛茸的白毛，就算再多看一眼還是覺得「那人」是一隻熊，不可置信，我怎麼會跟熊這樣互相對視？

「好了，來看吧！我是用這個做出你吃的冰淇淋，這是原料。」熊打開其中一桶，桶內裝著碎冰，跟飲料店做冰沙時用的碎冰很像。

「然後把這個加入碎冰中。」熊邊說邊拿起一個裝著紅色液體的小瓶。

讓我變成吸血鬼嘴巴的一定就是那個。該不會是血？我腦中突然閃過可怕的想法。

「那個液體是什麼？」我畢恭畢敬地問道，當我發現「那人」真的是熊的瞬間，所有追問的想法都消失了。雖然我也不想一輩子紅色嘴巴活著，但現在只求能平安地從這裡逃出去就好。

「當然您不想說也沒關係。」我再次畢恭畢敬地說。

「不，這不是秘密，是啊是啊，當然不是秘密。」熊搖晃著那個裝有紅色液體的瓶子。

「這是把某人的心願和時間混在一起後製造出來的液體。」

「什麼？」

「我說這是把某人的心願和時間混在一起後製造出來的液體，裝有你的心願的不只是這個紅色液體，還有那藍色、黃色、黑色和綠色液體。顏色不同是因爲心願不同，是啊是啊。」

「我聽不懂你在說什麼！但這在科學上是做得到的事情嗎？當然您不想說也沒關係。」我輕輕地捏著雙手壓抑住懷疑。

「我做的冰淇淋不是任何人都可以吃得到，必須是預約的人才能吃，我是說那些很久之前寄過願望信給我的人們，是啊是啊，只有那些人可以吃得到。」

「啊……什麼？」我難以置信的看著熊。

「我沒有寄過願望信。」

「你有寄給我願望信，是啊是啊，所以你才會出現在這裡。」

「不可能！我沒有做過那種事。」我有寫願望信給熊？不可能有這種事情。

「三年前吧？我收到你的信的時候。」

「您應該是認錯人了。」一定是這樣沒錯。

「你家有收到邀請函吧？販賣機開張的邀請函。」

「啊，那個？我們家的信箱的確有。」

「那張邀請函就是你有寄給我願望信的證據！是啊是啊。」熊說得很真誠，看起來不像在是在說謊或開玩笑。

「在很遙遠的大海盡頭，有一個願望村！」

「那是什麼？」

「看來你真的想不起來了！好吧，我數百年來做這個事情時，也遇過好幾個像你這樣的狀況，是啊是啊。在誠懇地

許了願望之後，就忘光光的人。」

「我就住在遙遠大海盡頭的願望村，那是一個平均氣溫零下一百度到零下兩百度之間的地方。我們熊族在忍受嚴寒數千年後，產生了一項特別的

能力——實現人們的願望。後來不知從何時開始，我們願望村的能力在地球各處盛傳，所以便開始收到來自四面八方的許願信。寄信的方法你應該很清楚吧？就是在小瓶子內放入寫好的願望，再吹入誠懇許願的氣息，蓋緊瓶蓋後就把瓶子丟向大海。這樣願望信就會被送到位在大海盡頭的願望村，是啊是啊，即使我們村子都結冰了，還是有一條唯一沒結冰的海路。你的願望信就是這樣寄給我了，是啊是啊，寄給我了。」熊說了一連串不可思議的話。

「人類的記憶確實有時候會變成故障的機器，就像突然陷入黑暗之中，什麼也看不見，是啊是啊。不過如果認真回想的話，那個記憶應該會再次浮現。對了！我是搭乘這個從大海盡頭的願望村過來的。」

熊打開了放在碎冰桶隔壁的另外一桶，那桶內裝的是閃閃發亮，又厚又大的冰塊。

「這不是冰塊嗎？您說搭乘這個來到這裡？從大海的盡頭？」我很想問為什麼要說這種超級大謊言，但還是忍了下來。

「人類把我們居住的地方統稱為北極，不過願望村其實位於北極的盡頭。我是搭乘這塊浮冰從數千年前北極最遠、最寒冷、就是那個不結冰的冰川而來，是啊是啊。」

「冰川？浮冰？」

「對。」

「我確實曾聽過搭乘浮冰從冰川而來的故事。」好像是爸爸、媽媽小時候的年代看的那種漫畫主角的故事——某隻小恐龍搭乘著浮冰，歷經數億年來到大韓民國首爾的故事。

「不過那是漫畫主角的故事。」在漫畫中什麼事情都可能發生，但是絕對不可能在現實中發生。

「這浮冰也把販賣機一起運過來，是啊是啊。還有這些碎冰也是從我們村落載過來的，為了做冰淇淋。」熊不管我信不信，繼續說道。

我忍不住大笑出聲，這根本是比漫畫更漫畫的故事，不是嗎？

「對，對不起，您應該不可能從北極搭乘浮冰來到這裡，搭飛機還比較有可能吧？即使是搭飛機也是要飛很久吧？」我擔心自己的大笑會讓對方心情變差，所以再次畢恭畢敬地說道。

「我們的村落快要消失了，因爲數千年來結得硬梆梆的冰正在不停融化中，雖然是很悲哀的，但是這是真的。這次說不定是我最後一次旅行了！村落消失的話，我也會跟著消失。」熊的臉馬上變得暗淡。

「你的臉上依然充滿了懷疑，看來還在苦惱要不要相信我。是啊是啊，是需要苦惱一下。」熊仔細看著我的臉。

「你進來這個房間時，是從哪裡進來的？」

「那個門。」

「那個門在哪裡？」

「熱狗店後面，跟熱狗店是同一個店家。」

「那個門只有使用過販賣機的人才看得到，其他人看不到。首先，要吃過冰淇淋才可能從那個門進來，你接下來一共可以吃到五個冰淇淋，你現在還剩下四個，吃完後你的願望就有可能實現！不過有一點很重要，我只是作出可以實現願望的冰淇淋，我不能直接幫助你實現願望，因此是否能夠實現願望的關鍵在你，是啊是啊。」

我還是完全聽不懂熊在說什麼。

「我是真的、真的想不起來。好，就當我真的有寫願望信，然後就如您所說，這就是您出現在我面前的原因。但是我許了什麼願望了呢？」我不知道為什麼完全想不起來三年前的事情。

「這個我不能說，你必須自己想起來。」

如果熊所說是真的，那我在三年前許了什麼願望呢？是許願成為大富翁嗎？或是考試第一名嗎？雖然想不起來，但是如果我用心到寫信的話，應該是什麼了不起的願望吧？一想到我可能會實現那個願望，突然興奮激動起來。

「咦？不過那個是什麼？」我指了指放在熊後面另外一個又圓又扁的桶。

「那個跟你無關，是我需要的東西。好了，你現在可以離開了。」熊對我揮了揮手。

「真是的。」當我走出門外，關上門的瞬間，突然想起來有件重要的事情忘記問，我又再次輕輕地推開門縫並喊了一聲。

原本拱著背正在做什麼的熊被嚇得轉過頭來，可能因爲太過驚慌，還用手背擦了擦嘴巴。

「我這個吸血鬼嘴巴什麼時候才會消失？」

「你的願望現實時，就會馬上不見，是啊是啊。」

真的很討厭河瑛

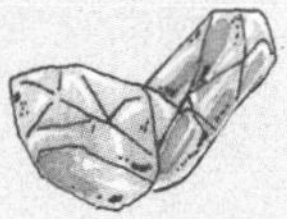

「你有看到那個門嗎？」我指著熱狗店後面的門問瑞玖。

「什麼門？你，怎麼了？產生幻覺了嗎？」瑞玖摸了摸我的額頭。

「真的沒有看到門嗎？」我認真的再次問。

「呀，你不要再開玩笑了！這裡有扇善良的人可以看到的門？你應該不是在說這種謊言吧？這裡只有牆壁啦！我們快點去排隊吧！」

「你是真的沒看到吧？」

「呀，你今天為什麼這樣？是，我看到了。有一扇用黃金打造閃閃發亮的門，我們買好熱狗之後就走進那扇門去吃。」瑞玖猛地扣著我的脖子走向熱狗店。

「對不起，生麵糰是準備好了，但是今天第一位客人就訂了三百支熱狗，今天大概只能再賣十支。我準備麵糰的量通常一天只夠做三百支左右的熱狗，因此就請大家不用再白等了，快點回去吧。」我們正打算排隊的時候，熱狗店主人老爺爺走出來對大家慢條斯理地說道。

「怎麼可以那樣？」

「你不可以接那樣的訂單。」

「是誰這麼沒良心？一次訂那麼多是想怎樣？不覺得對不起其他

人嗎？」人們紛紛發出不滿。

「從明天開始我會在這裡貼上每人限購一支熱狗，但是今天沒有這種規定，真的很抱歉。」熱狗店主人老爺爺鄭重地說道。

「我原本打算今天要等到最後的。」瑞玖再次流著口水喊道。

望著排在前面的十個人，其中一個居然是河瑛。

「河瑛沒有一天不來耶！而且她每天都有買到，好羨慕呀！康宇，走吧！不過你是吃了什麼？嘴巴染成紅色？我從剛剛就想問了，想說等一下應該就會恢復才沒問的。」瑞玖問道。

我心想即使如實說了，瑞玖也不會相信，如果說出北極熊和願望信的事情，一定會被問為什麼要開玩笑，因此我決定不跟他實話實說。

「我問你吃了什麼？」瑞玖再次問道。

「嗯，你問我吃了什麼喔……，是我媽做的冰沙加了草莓醬，或許色素實在太多了。我吃完冰沙後，看到自己好像變成吸血鬼，也是嚇了一跳。」我自己聽了也覺得這個謊言說得太了不起、太厲害了，瑞玖看起來也相信了。

我跟瑞玖分開之後，再次去找販賣機。因爲我很好奇吃了第二個冰淇淋之後會發生什麼事情。我內心七上八下地投錢後，按下亮燈的紅色冰淇淋模樣的按鍵。

嗒嗒嗒，錢被退了回來。

「這是怎麼一回事？」我不放棄吃到冰淇淋，所以再次把錢投入販賣機，但是依然失敗了。

「故障了嗎？」我拍了拍販賣機，沒想到稍微拍幾下而已，販賣機馬上左右晃動了起來。

「真是的，如果這是來自北極的重要販賣機，不是應該每天來檢查和維護嗎？至少為了不讓雪覆蓋，在上面用什麼遮一下，這樣放著風吹日曬當然會故障。」我想應該去跟熊說一下販賣機有點奇怪。

於是我馬上跑去找熊，我走到熱狗店後面，輕輕地推開了門。

「是我，我開燈了。」我按下電燈開關，熊正在把冰沙放入一個錐形的器具上，然後蓋上蓋子讓器具旋轉起來，接著就開始邊轉邊發出咔嚓、咔嚓的聲音。

熊又讓器具再轉了幾圈後才停下來，然後打開蓋子，滴下幾滴紅色液體，接著又再次蓋上後開始旋轉。

咔嚓咔嚓，房間內充滿了冰淇淋器具旋轉的聲音。

「這是要給你吃的冰淇淋，是啊是啊。」熊回頭跟我說。

「啊，嗯……真的非常用心製作冰淇淋。不過，熊先生，您的販賣機好像壞掉了。我今天原本打算去買冰淇淋，但是錢被退了回來，機器還發出怪聲，請問您會維修嗎？」

「不會壞掉，我們村落的販賣機不會故障，是啊是啊。」

「但是為什麼沒掉出冰淇淋，錢也被退回來了？」

「那是因爲今天氣溫沒有零下十五度，是啊是啊，販賣機要在零

下十五度才能使用。」

我想起邀請函上的文字，啊！原來是這個意思。

「你等零下十五度的時候再去買冰淇淋吧，是啊是啊。」熊突然笑得很開心。

但是看到熊的笑容，我的心情變得很微妙。

「我都做好了，我順利完成非常美味、香甜的冰淇淋。」熊心滿意足地望著冰淇淋。

「你還有什麼要問嗎？」熊問道。

「沒有了，那我走了。」我跟熊打完招呼後走出門，就在我走出來，砰一聲關上門的瞬間。

「哎呀！」我跟某人狠狠地相撞了。

「啊！」對方也發出慘叫聲。

我摸了摸額頭，抬頭一看居然又是河瑛。

「妳該不會是在跟蹤我吧？」我馬上不分青紅皂白地發脾氣。

河瑛邊摸額頭邊搖頭。

「沒有？什麼沒有？妳一定是為了給我熱狗跟蹤我吧！哎呀，這是什麼？都是因爲妳，衣服都沾到番茄醬了，妳真的是……。」我用肩膀撞開河瑛，結果沒想到讓她手上拿著的熱狗掉在地上。我看著沒把熱狗拿好的她感到一陣心寒，那個沒有隨著年齡增長變得更加成熟和聰明的河瑛，反而似乎更傻、更笨了。

「妳就是這樣，大家才討厭妳！還有這本來就是要給我的熱狗，所以掉了也沒關係吧？妳就當成我吃了。」我說完不等河瑛回話就馬上轉身。

「羅康宇！」河瑛喊道。

「怎樣？」我猛地回頭看她。

「……。」

「怎樣？有什麼話就說呀！」我把下巴抬得高高地，大喊。

河瑛一句話也沒說只是看著我，那是個隨時都可能爆哭的表情。

「不說的話，我走了。」我這次在走出市場之前，都沒回頭。

河瑛很奇怪

我早上一睜開眼就拿起手機查看天氣。

我馬上坐了起來，今天是可以使用販賣機的日子！我匆忙穿好衣服後就往外走。

「媽呀！」一接觸到外面的冷空氣，我忍不住大叫。

寒風纏繞著我全身，這體感溫度不是零下十八度，簡直是零下五十度。

我縮起身體往販賣機方向走去。

販賣機的燈一閃一閃地發亮，冰淇淋模樣的圖片看似顯得更加明亮了，就像是在說這是可以使用販賣機的日子。

嗒嗒嗒，我趕緊投錢進去，伴隨著清脆的聲音，今天投入的錢總算被販賣機收下了，我馬上按下亮著燈的紅色冰淇淋按鍵。

咚，不久後冰淇淋掉了下來，我這次在吃之前先用手背沾一點冰淇淋看看，發現皮膚並沒有變成紅色。

-15度

冷天

-15/-5

體感溫度-18

早上氣溫零下十五度。

風大，體感溫度零下十八度。

「看來今天的冰淇淋沒有問題。」我迅速低下頭來吃一口冰淇淋。

「哇！」好像比上次的更好吃，因爲製作是用北極的冰塊的關係嗎？我這次原本也是打算慢慢品嚐，但還是很快就吃完了。

我到家後一照鏡子，差點嚇到閉不上嘴巴。我的嘴巴好像塗上紅色油漆，就算我刷了牙、再刷、又刷了好幾次都沒用。

「嘴巴變成這樣，怎麼出門見人呀？」我打算在嘴巴恢復原貌前都暫時戴著口罩。

「在願望實現之前，這種程度的不方便還可以忍受，我應該不會許了一個微不足道的願望吧？應該是許了超厲害的願望才對。」但是不知道為什麼，我的記憶一片空白。到底我多誠懇地許了什麼願望，可以讓熊感動到搭乘浮冰來到這裡。

我吃完早餐後，躺在床上看著手機發呆。

瑞玖傳來「熱狗」簡訊的時間已經到了，但手機依然很安靜。

我實在等不下去，就先傳了簡訊。

出乎意料的，瑞玖居然會吃壞肚子，他是平時即使吃了石頭也可以消化的人，甚至還可以一口就吃掉漢堡的一半，就像眼鏡蛇吞掉大象那樣。即使餐桌上滿滿的飯菜，也是幾口就

可以馬上吃光的他，這樣吃也從來沒肚子痛過的瑞玖，今天居然肚子痛。

熱狗，熱狗！會沒完沒了唱著這樣自編歌曲的瑞玖，看來應該是痛到不行了。

我看了很久瑞玖最後一封傳來的簡訊文字。

「我應該要去探病吧？」去年我因爲得流感不能去學校的時候，瑞玖有來我家探望。即使媽媽跟他

今天就不去熱狗店了！

我感覺快不行了，連發簡訊也累，明天見。

我明天要活著才能見到你。

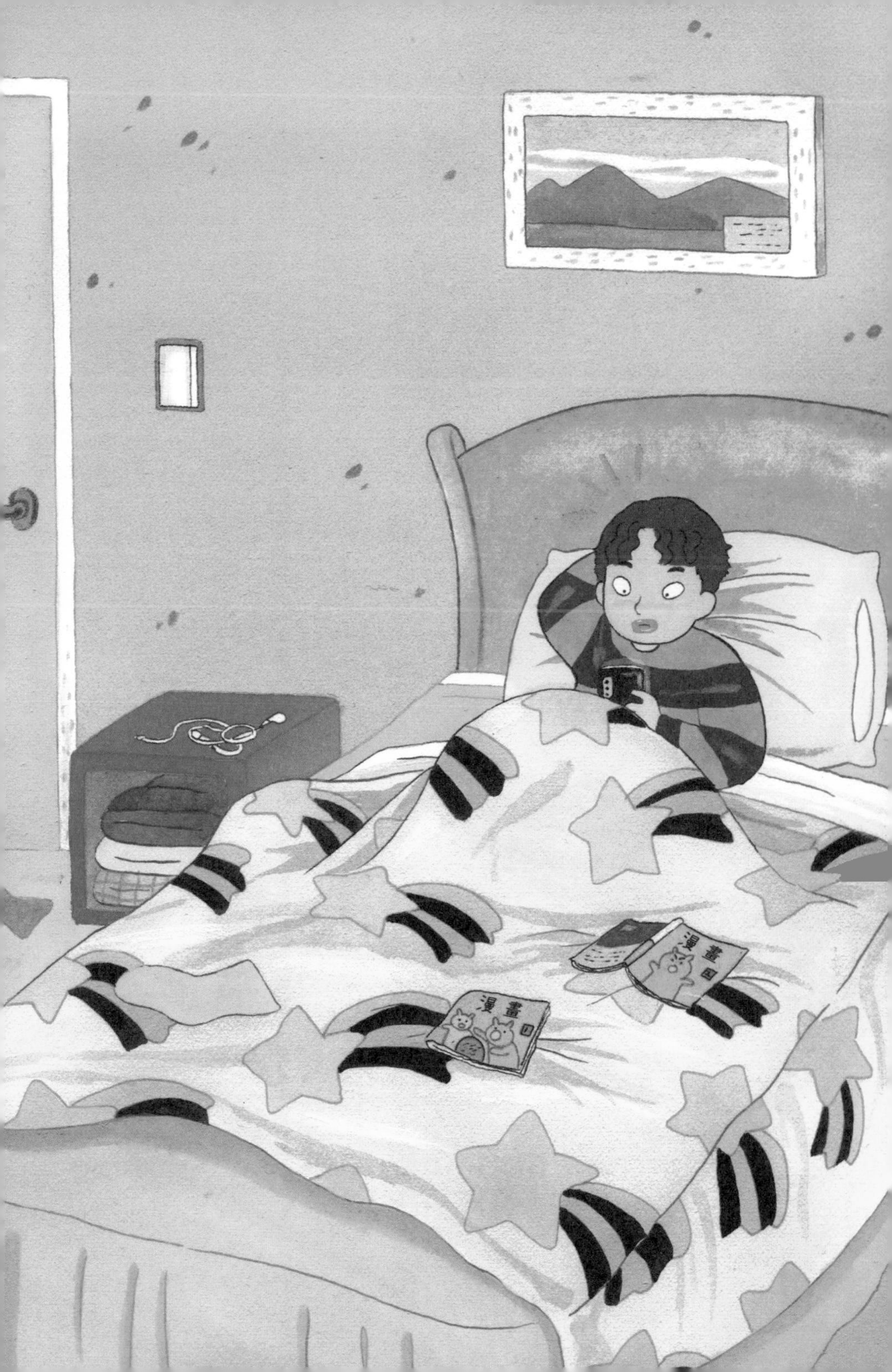
漫畫
漫畫

說有可能會被傳染流感，他還是堅持要看到我才願意走。還有即使跟他說過絕對不能碰我的手，不然可能也會得流感，他還是抓了我的手好幾次。這樣的瑞玖現在痛到快不行了，不管怎樣我都應該去看看他。

「要買什麼帶過去呢？買熱狗給他好了？不管多痛，看到熱狗的話，精神一定會馬上變好！對瑞玖來說，食物就是藥。」想到瑞玖看到熱狗會很開心，我的心情也變好了。

我跑去市場，而且我也想去找熊，想去問他吃了第二個冰淇淋之後，接下來會發生什麼事情。

熱狗店前的隊伍看起來比平時還更長，我想要把熱狗當成禮物的決心也開始動搖。就在這時我看到了河瑛，她排在最前面的第三位。

「今天如果她要給我熱狗的話，我就收下。」我偷偷看著河瑛。

終於輪到河瑛了，她似乎跟老闆說要沾番茄醬。老爺爺把炸得金黃酥脆的熱狗先在豔光四射的砂糖上來回滾動幾圈，再擠上番茄醬後拿給河瑛。

跟河瑛對到眼的我，立刻用誠懇的眼神來回看著河瑛和熱狗。河瑛如果說「你吃吧！」拿熱狗給我的話，我這次就酷酷地收下。

但是河瑛今天是突然轉身離開。

我感到非常慌張，趕緊追到河瑛前面，然後再次緊緊地盯著熱狗。

河瑛把我從頭到腳看了一遍之後，就馬上轉身走開了。

「喂！」我喊住河瑛，不僅生氣也感到自尊心受傷了，我追問：

稻田
你
出租
CLOSED

「之前為了給我熱狗還特意跟蹤了我，今天為什麼不給了？」

「我從來沒跟蹤過你，那天只是風太大，才走到熱狗店後面。你突然出現時我也是嚇了一大跳，所以你當時雖然只是稍微撞到我，熱狗就掉到地上了！加上你看起來也是受到驚嚇，我才不想怪罪你……。」河瑛說著說著就停住了，然後就這樣再也沒說半句話的站了許久。

「然後呢？」我不耐煩的問道。

「我可以說嗎？你，你……真討人厭。」河瑛的這句話，就像用什麼笨重的東西敲到我的後腦勺，我一下子愣住了。

「之前我是為了遵守約定才對你特別好，之後我不會再請你吃熱狗了。今天的你看熱狗的眼神超級誠懇，想吃就快去排隊吧！今天大概等三個小時。」河瑛冷冰冰地說完後就離開了。

人怎麼可以一瞬間就變了？我不能理解為什麼河瑛突然改變了。

「好，去排隊就是了。」我向著河瑛的後腦勺大聲喊道。

我先跑去問熱狗老闆爺爺：「請問我現在排隊的話，還可以買得到熱狗嗎？」

「今天應該不夠賣，你明天早點來吧！你跟你朋友每天都來，但是你們一次都沒有吃到吧？」老闆爺爺雖然忙著做熱狗，但是好像一切都看在眼中。

我往熱狗店後面走去，先把耳朵靠在門上——聽見裡面一片安靜。

我輕輕地推開門，按下電燈開關，往房間內一看，原來熊不在。

我想等到熊回來，但是不管我等多久，熊還是沒有回來。

招來詛咒的冰淇淋？

連續三天都是溫暖的天氣，但是瑞玖的肚子痛還沒好，而我也沒去探病。因爲他說太難受了，目前實在無法見客，叫我不要過去。

瑞玖終於聯絡我了，我開心得馬上拿著手機站起來。

我可以去找任何瑞玖想吃的東西，但是為什麼偏偏是熱狗！我看了一下時間，九點三十分，現在去的話，

熱狗店前面應該早就大排長龍了。

手機又傳來瑞玖的簡訊。

看來如果不買熱狗給他的話，就不是朋友了，我們友情的份量居然要用熱狗來衡量，我突然對瑞玖感到失望。不過我馬

肚子痛終於好了？
我們在向陽村入口見。

不，還是不舒服。但是我真的、
真的太想吃熱狗了。

想吃熱狗想到快不行了。

你和我是朋友，對吧？熱狗！

上搖了搖頭，瑞玖可是不害怕流感的朋友，所以如果現在我拒絕買熱狗給瑞玖的話，就更顯得不重視朋友了。他又不是要求我去找可以變聰明的泉水、也不是請我去找永生不死的長壽年糕，他只不過是想吃一支只要排幾個小時就可以買得到的熱狗。

我回簡訊給瑞玖之後，就馬上出門了。一來到外面就聽到凜冽寒風的呻吟聲，跟昨天的天氣截然不同，我邊瑟瑟發抖邊拿出手機查天氣。

以天氣關鍵字搜尋到的都是氣候變化和寒流的新

聞，我突然想到熊說他生活的北極願望村，數千年來結的冰正在融化。還說那個願望村可能不會再存在了……，但是現在這裡每天都在創下寒流的新紀錄。

「啊，先去吃冰淇淋。」雖然天氣很冷，但我還是想快點實現願望，而且比起願望是否真的可以實現，我更期待想起自己許了什麼願望。

我按下亮燈的紅色冰淇淋形狀按鍵時，手指頭就被黏答答的表面給黏住了，加上販賣機外殼結冰的關係變得更難分離，像這樣冷的天氣我還是第一次遇到。

「真是的。」我最後是用盡全力才把手指頭拔開，痛到皮膚好像要被撕下來似的。

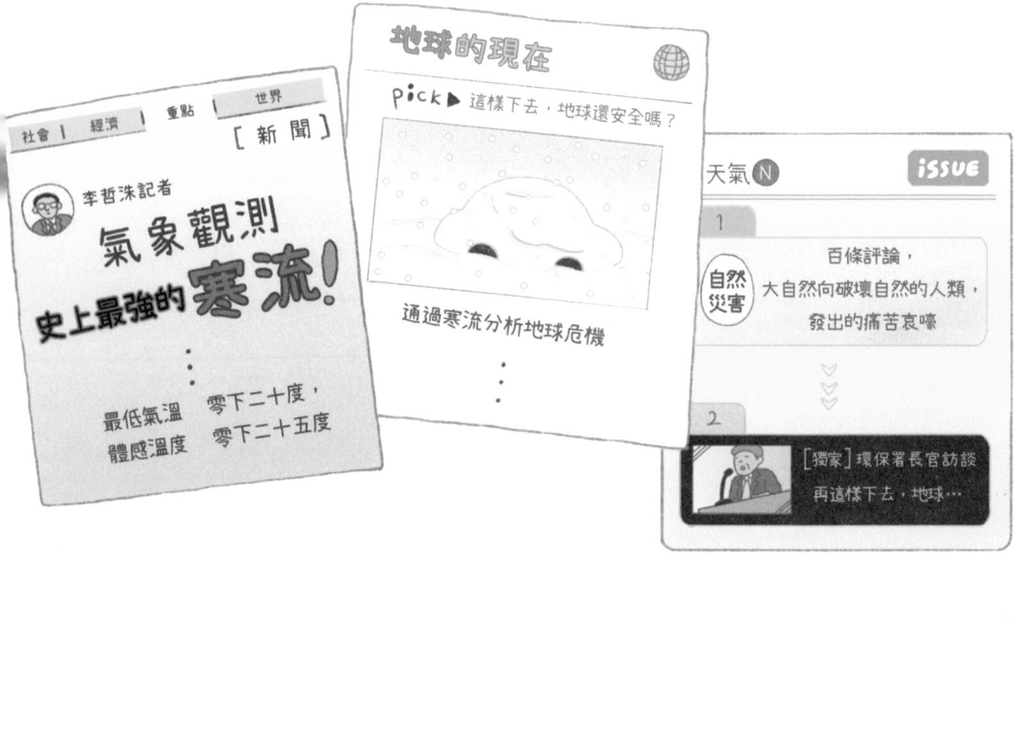

社會
經濟
重點
世界
[新聞]
李哲洙記者
氣象觀測
史上最強的寒流！
最低氣溫　零下二十度，
體感溫度　零下二十五度
地球的現在
pick ▶ 這樣下去，地球還安全嗎？
通過寒流分析地球危機
天氣 N
issue
1
自然災害
百條評論，
大自然向破壞自然的人類，
發出的痛苦哀嚎
2
[獨家]環保署長官訪談
再這樣下去，地球…

咚一聲，冰淇淋掉下來了。

雖然嘴唇被凍得硬梆梆，冰淇淋還是超美味。我一想到這麼好吃的冰淇淋，只能再吃兩個還真可惜。

熱狗店前的隊伍還是很長，熱狗今天也戰勝了最強的寒流。

「現在等的話，大概要排多久？」我問熱狗老闆爺爺。

「差不多等三小時左右，三天都沒看到你了，怎麼在這樣冷的天想吃熱狗？」老爺爺居然知道我這幾天沒來，太厲害了。

我盡可能把有帽子的防水外套穿好，然後走到隊伍最後面。

「天呀，好冷！這是要等到什麼時候呀？」冷到眼前一片漆黑的時候，突然我瞄到河瑛差不多已經排到隊伍中間了。

我腦中如閃電般閃出一個想法，假如去拜託河瑛的話，她應該不會拒絕吧？上次她說我令人討厭，說不定她會因此對我不好意思，我就給她機會消除這份抱歉，她應該不會拒絕吧？

我觀察了一下排隊人群，大家都在低頭看手機，特別是站在河瑛後面的人正戴著耳機看手機，還噗哧噗哧笑著，我趕緊加速走向河瑛。

「我可以站妳前面嗎？有人問的話，就說我們是一起來的。」我偷偷地擠進河瑛的前面。

「你說什麼？為什麼要站在我前面？」河瑛音量大到嚇人。

「大叔。」河瑛突然看著站在她後面的大叔，並揮了揮手，那位戴著耳機的大叔這才抬起頭。

「這人插隊了，沒關係嗎？」

「插隊？」原本眼睛就很大的大叔把眼睛睜得更大了，瞬間眼神就像射出超能力雷射光束，感覺可以讓人瞬間融化。

我嚇得趕緊從隊伍中退出來。

「就是這樣大家才討厭你。」河瑛挖苦地說。

「什麼？」

「我說就是因爲這樣，大家才討厭你！」河瑛把我對她說過的話，直接原封不動還給我。

「誰討厭我？你說誰討厭我呀！根本就沒人討厭我。」我追問道。

新光綢緞
TEL: 02) 111-2222
YOM
熱狗

「我看你根本是青蛙忘記自己是蝌蚪吧！還有你至少刷過牙再出門，你看你那滿嘴是什麼？」河瑛露出鄙夷的眼神看著我說。

啊，我忘記戴口罩了。

「你的嘴看起來就像是亂吸血的蚊子嘴！髒到讓人看不下去。」

我懷疑眼前的人是不是真的河瑛，我忍不住想是不是其他人戴著河瑛的面具？一定是哪裡出錯了，還是我在做夢？我用力捏了捏臉頰，好痛！我表情冷冰冰地看著站在我面前的河瑛，許久後才轉身離開，沒走幾步，我又再次走向河瑛。

「鄭河瑛，妳不後悔嗎？」

「後悔什麼？」

「妳現在做的事情，還有妳說我令人討厭。」

「我為什麼要後悔？」河瑛用力地搖頭。

「妳以後後悔也來不及了，因爲我絕對不會忘記，剛剛妳對我說的話和做的事。」我惡狠狠地說完之後，直接往熱狗店後面走去。

太過慌亂和氣憤加上心中怒火直燒，我以後再也不想看到河瑛了，她把我說過的話直接再用來講我，可見她是相當會記恨的人。即使以後河瑛要跟我說話，我也要把她當成透明人。

我盡可能壓抑著憤怒的心，然後把耳朵靠在門上，裡面一片安靜。我輕輕一推，門就被打開了，我看到熊背對著門坐在那邊，好像在吃著什麼。

「熊先生。」我喊了一聲。

熊嚇得轉過頭來，嘴邊好像有沾到什麼，不過熊馬上用手背擦拭掉了。

「快進來。」

「這幾天您去哪裡了？」

「我去找在你之後下一個我要見的人，並把邀請函寄出去了。因為擔心搞錯，所以特別用心確認，忙了幾天後肚子很餓。好了，現在來做冰淇淋吧，是啊是啊，要來做冰淇淋了。」熊坐在冰淇淋器具前面。

「冰淇淋真的很好吃！只要吃過一次就會想再繼續吃。」

「因爲那是用願望村的冰塊做的！是啊是啊，願望村的冰塊當然

是最棒的。不過你表情為什麼怪怪的?有讓你心情不好的事情嗎?」

「有人說我的嘴巴像亂吸血的蚊子嘴,真的看起來是那樣嗎?」

我噘起嘴巴。

「我沒看過吸血的蚊子嘴,所以不太清楚。」

「啊,沒錯,北極沒蚊子。對了,我已經吃了三個冰淇淋!如果願望會實現的話,現在是不是差不多要有什麼變化了?如果願望是成為大富翁的話,現在我應該開始收到錢、如果許願很會讀書的話,現在應該突然很喜歡學習之類。可是這些事情完全沒發生,吃了冰淇淋後,反而只發生心情變差的事情。我原本以為喜歡我的人,也開始變得奇怪了,該不會這不是實現願望的冰淇淋,而是招來詛咒的冰淇淋？雖然都很好吃，但是我覺得這也不無可能。」

熊靜靜聽我說完後說：「要相信，你的心相信了，願望就會實現，是啊是啊。」

但是我無法輕易相信，因爲河瑛現在已經變成那樣了，我開始懷疑熊是不是有什麼事情隱瞞我，而且越想越覺得可疑。

慢慢變得更紅的嘴巴

我因爲徹夜不眠在網路上查資料，導致現在眼皮快要掉下來，頭昏昏得隨時都可以睡著。

「你的臉怎麼會這樣青黃青黃的？一定是吃壞東西了吧？你老實說吃過什麼？如果是吃到什麼危險的東西必須馬上去醫院！要是放任不管的話，會出大事的！一開始你只是嘴巴變紅而已，我以為很快會好起來，但是現在連臉都變成這樣，看來是不可能自然恢復了，你到底吃了什麼？」媽媽用攪拌過豆芽菜的手摸著我的臉頰問道。

「我熬夜才變這樣，一夜沒睡的關係。」

「你熬夜唸書嗎？」

「怎麼可能？我是查一些資料，但不要問我查什麼，之後會再告訴媽媽。」我說完馬上離開廚房，回到房間後鎖上門就趴在床上。

雖然昨晚查了一整夜，但都沒看到任何跟北極熊有關的事件。電話詐騙、電熱毯詐欺……等新聞不少，可是都沒有被北極熊騙了而有所損失的新聞，反倒是有許多人類破壞北極熊生存環境的文章。

但是我感覺被熊騙了，只是沒有證據，當然也沒辦法證明，那台販賣機的冰淇淋是招來詛咒的冰淇淋。

「我要繼續吃冰淇淋嗎？」還剩下兩個冰淇淋，但我感到非常不安。萬一招來比河瑛改變還更大的詛咒，那就真的是大事不妙了。

「我還是不要再吃了。」我走下床，看到牆壁上的鏡子裡站著一個嘴巴非常紅的小孩，而且嘴巴似乎比昨天更紅了。

「如果願望不能實現的話，我的嘴巴難道一輩子都要這個樣子……到底該怎麼辦？不敢繼續吃冰淇淋，但又不能不吃。到底吃？不吃？吃？不吃？」當我正用雙手抓著嘴唇陷入苦惱時，房門突然被打開了。

「羅康宇！我想來想去還是覺得不能這樣，我們現在就去醫院。」

我和媽媽一起來到醫院。

「嘴巴怎麼了？」從掛號到診間，一共三名護理師都這麼問我。其他在醫院候診的人們也不停地問我相同問題，我還聽到有人害怕地說第一次看到這種症狀，該不會出現了新品種病毒。

這些話聽多了，連我也開始感到害怕和恐懼，甚至我腦中出現新聞報導說我散播新病毒的畫面。啊啊啊，不行！我趕緊用力搖了搖頭，要自己別再想下去了。

「我在醫學院任教，為了教許多醫學生的醫學課程，平時也看了相當多的文獻、新發表的醫學論文。但是呀，我也第一次看到這種症狀。」檢查我嘴巴許久的醫師搖了搖頭。

「你們最好去大醫院做檢查。」醫師惋惜地表示這裡是小醫院，無法幫上忙。

「怎麼辦才好！我因為忙著做生意，才無法好好照顧這孩子，所以讓他從幼兒園開始到國小二年級的發展非常緩慢，說話也慢、行動更慢。因此沒有小孩想跟康宇一起玩，他沒朋友加上又被排擠，每天哭個不停。哎喲，就算我現在一想到這些事情，心還是好痛。不過他三年級之後，就出現了奇蹟，這孩子變得行動快、也比較會說話了，學習雖然不是很擅長，但也跟上大家的進度了。人際關係在同學中也算有點人緣，我還以為可以鬆口氣了，沒想到這次居然遇到不知名的症狀，這到底是怎麼一回事呀？」媽媽淚流不止。

看到媽媽哭泣的模樣，我也忍不住想哭。

媽媽同意要馬上去大醫院檢查，但是預約時才得知要等十七天。

「大韓民國每個人都在這裡做檢查嗎？居然要我們等那麼久？」

媽媽雖然很生氣，但也無法改變什麼。

「你就好好休息，什麼事都不要做！知道嗎？萬一太累可能會變得更嚴重。」回家後，媽媽又叮嚀了我好幾次才出門去做生意。

但現在不是可以好好休息的時候，我馬上出門去找熊，一抵達就看到熊正靠在椅子上休息。

「我去了趟醫院。」我有氣無力地的說。

「為什麼去醫院？你哪裡不舒服嗎？」

「媽媽說我的嘴巴越來越紅了，所以帶我去看醫生，我聽到有人說可能是新品種病毒，我們也很擔心所以就預約了大醫院進一步詳細檢查。我絕對不是懷疑您才這樣做，但是從開始覺得有點奇怪之後，那個懷疑的念頭就會常常冒出來。我絕對、絕對不是懷疑熊先生，您知道吧？只是那液體，真的不是什麼奇怪的東西吧？」我指了指那個裝有紅色液體的瓶子，畏畏縮縮地問道。

「我上次不是說過，那是用你懇切的心願加上時間所混合一起後，製造出來的液體了？是啊是啊。」

「懇切的心願或時間，都是用肉眼看不到的吧？那要怎樣才能做成液體呢？這以科學角度來看是不可能發生的事情。」

熊只是一言不發的默默看著我。

「我也想相信熊先生的話！全都想相信！瑞玖也說看不到進來這裡的門，光從這點來看，就知道您說的話是絕無謊言。但是當我每次看到自己的嘴巴，卻又會產生懷疑，我現在最擔心的是萬一嘴巴無法恢復原狀的話，我該怎麼辦？所以，熊先生……」我稍微停頓了一下。

「請告訴我真相！那個冰淇淋其實是不是詛咒冰淇淋？還有到底要怎樣做才能解開詛咒？萬一那液體是有問題的話，我是說如果那個液體可能有毒的話，我是不是中毒了？所以請告訴我要怎樣做，才能夠把體內的毒排出來。如果我的嘴巴可以恢復原狀，我不會追究之前到底吃了什麼！我是說真的。」我誠懇溫順地說道。

「原來你是因爲嘴巴變紅才那樣擔心，是啊是啊。其實你嘴巴比我預期更快就變紅了，我也是嚇了一跳，我都萬萬沒料到你嘴巴會紅成這樣。」

「你說你也沒料到？」

「不過，要消除你嘴巴上的紅色，很簡單只有一個方法，那就是去實現你當初懇切想要實現的願望。你的嘴巴特別紅，就是你完全忘記自己曾許過願望的證據。通常大多數人在情況改變後，之前的願望就會忘記，但是像你這樣忘得如此徹底的確很少見。還有你都已經吃了三個冰淇淋，記憶應該隱隱約約想起來才對。你一定會想起來的！只要吃第四個冰淇淋，等你想起來之後，你的願望就會實現，嘴巴也可以恢復原狀，是啊是啊。」熊用力拍拍我的肩膀。

「我可以相信您嗎？」我雙手緊握的問道。

「你不要再疑神疑鬼了，快把心力用在回想自己許的願望是什麼。好，那我要來開始做第四個冰淇淋了喔。」熊調整了一下姿勢，在椅子上坐正。

咔嚓咔嚓，房間內再次充滿冰淇淋器具旋轉的聲音，熊一邊滴入紅色液體後，一邊再次轉動冰淇淋器具。

「我查過氣象預報，明天好像會特別冷！你明天一定要來吃第四個冰淇淋，希望你到時候可以稍微想起願望的事，是啊是啊。」

只是這程度的願望？

夜裡風聲咆哮，令人毛骨悚然——聽起來就像怪物在吼叫，直到半夜之後風聲才稍微變小，我也終於可以入睡。

「今天是大韓民國從來都沒出現過的最冷寒流，不只是大企業，就連中小企業也在今日清晨緊急發布臨時停止上班及上課的公告。希望各位觀眾今天如果沒有重要的事情就不要出門，以免發生危險。」

我聽到吵雜聲後睜開眼，原來我的房門被打開，爸爸媽媽正在客聽看電視。

「天氣如何？」我才一打開窗戶就被嚇得趕緊再次關好，世界被滿滿的雪覆蓋住，已經無法區分人行道和車道，沒看到汽車，也沒看到鏟雪車。

我站到鏡子前，嘴巴已經紅得更嚇人了。

「只能先相信態了，我要快點想起來許過的願望是什麼，才可以去實現那個願望。」我趕緊出門，一來到外面，身體吹到冷風就像被電擊似的發麻。感覺再多待一秒連耳朵都要掉下來了，迎面而來的風把眼睛吹得刺痛。

我摸索著路往販賣機方向走去，販賣機也已經被雪覆蓋住了。我好不容易買到了冰淇淋，就這樣站在販賣機旁邊瑟瑟發抖地吃著冰淇淋。甜美的味道在口中散開，這美味讓我的心情好得彷彿連寒冷都消失了。

「想起來！想起來呀！快想起來！究竟許了什麼願望。」我緊閉著雙眼唸咒語似的喃喃自語，但是什麼也想不起來。

這時候瑞玖傳來了簡訊，看來他肚子痛已經完全好了。我一方面感到很開心，一方面也感到沒去探病的歉意，因爲身為朋友居

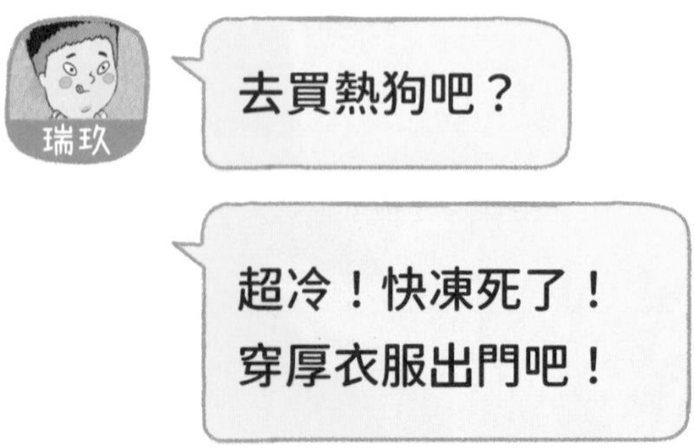
瑞玖
去買熱狗吧？
超冷！快凍死了！
穿厚衣服出門吧！

然連一支熱狗也沒買給他。

我看著瑞玖的簡訊，感動之情如同波浪般湧上心頭。他居然還擔心連探病都沒去的我會凍死，提醒我要穿厚一點的衣服。

「今天無論發生什麼事，也要排到。」我下定決心。

瑞玖出現時露出半張臉，身材高大的他臉也比較大，原本連在一起的下巴和脖子，之前無法區分從哪開始是下巴，從哪開始是脖子的臉。才不過幾天而已，現在瑞玖的脖子和下巴完美地分開了。

「我今天絕對不會說不等了。」我真心的說。

可能是因爲天氣太冷的關係，今天的隊伍比之前短非常多，不過今天河瑛依然站在隊伍的前端。

「應該再等一小時三十分鐘。」熱狗店老爺爺對我說。

老爺爺今天做熱狗的速度依然緩慢，在這樣冷的天，如果能做快點的話該有多好。

「啊，我肚子為什麼好痛？」腹部突然陣陣作痛，如果不夾緊屁股的話，感覺馬上就要拉出來了，我趕緊跑向熱狗店老爺爺。

「老爺爺，這裡有廁所嗎？」

「你看起來很急，廁所喔，在那邊。」老爺爺緩慢地說著前往廁所的路，然後又慢悠悠地、慢吞吞地、非常詳細地說著：「不過啊，我剛剛去的時候，大門是鎖著的，現在不知道打開了沒？今天也是因爲水都結冰了無法沖水，但還是有人會繼續使用，所以才暫時先上鎖了，而且那裡面好幾天前好像就沒衛生紙了。」

「您說沒有衛生紙？」我匆匆抓了幾張散落在砂糖罐旁的衛生紙後，就趕緊跑向廁所。

廁所門果真鎖著，我真的快憋不住了、我快拉出來了。

「啊，去那裡。」我跑向熱狗店後面，馬上開門進去。

「廁所在哪？」

熊指了指房內某個角落的小門，那是一間非常小的廁所。

我腹瀉了，還不是一般腹瀉，而是暴風雨般的腹瀉，再怎麼想都

碰咚

跟第四個冰淇淋有關，沒有其他可能的理由了。

「第四個冰淇淋呢？」我一走出廁所，熊馬上問道。

「我剛剛才吃掉，我剛剛拉肚子拉得超級嚴重。真的，我真的不是懷疑熊先生，但那個不是奇怪的冰淇淋吧？」我看著熊。

熊搖了搖頭。

「我現在為了買熱狗正在排隊中，等我買好熱夠，跟瑞玖分開後再來這裡。」我說完走出房門。

我重新走回熱狗店，卻突然被一位表情猙獰的大叔抓住手臂。

「放開我。」

大叔沒頭沒腦地喊著幾個字。

「你說什麼？」

「我的熱狗。」

「我沒有拿走大叔的熱狗呀？」

「你居然還狡辯！我剛剛去買牛奶，暫時放這裡的熱狗袋子被你拿走了！呀，不想跟你囉唆了，天氣這麼冷，快把熱狗還給我。」

因爲大叔的大喊大叫，人們開始圍觀。瑞玖立刻跑了過來，因爲實在太過荒唐，我一時說不出話來，我只是去趟廁所回來而已，就遇到這種事。

「你想一直裝傻不認罪，對吧？我可是有證人喔？你還要這樣厚臉皮說謊嗎？孩子，把妳剛剛說過的話再說一次。」大叔對河瑛說道。

「我清楚看到他把那邊什麼東西裝入口袋。」河瑛說。

「妳看到什麼？真的是看到我嗎？妳，是不是想要報復我？妳如果說謊的話，會遭天遣的。」我委屈到一邊摘下口罩一邊跺腳。

「誰說謊了？我只是說出自己看到的而已，你剛剛不是問了熱狗店老爺爺什麼事情了嗎？然後你就把那個什麼東西迅速地放入口袋了，我可是看得一清二楚。」河瑛甚至模仿我把東西放入口袋的模樣。

這時候面目猙獰的大叔的臉變得更加兇狠了，人們看著我開始竊竊私語起來。

「哎呀，的確看來非常想吃熱狗。」

「啊喲，可能沒錢吧！但不管怎樣偷東西是絕對不能原諒的。」

新光綢緞
TEL:02) 111-2222

「這孩子看起來很正常，沒想到有這樣心機，臉皮原來這麼厚。」

「應該是萬不得已才偷熱狗吧，好可憐。」

這些嘀咕聲一一傳入耳朵，我真的快氣死了。

「康宇，真的是你拿走的嗎？河瑛沒理由說謊吧？她可是喜歡你的人。」瑞玖悶悶不樂地說，的確如果沒看過變得很奇怪的河瑛，是會有可能這樣想。

「為什麼連你也這樣？」我雙手握緊拳頭大叫。

「這位客人，我送給您兩支熱狗，請您原諒這孩子。」熱狗店老爺爺把兩支熱狗裝好後拿給那位大叔。

什麼原諒？我根本沒做錯事。啊，太委屈了！我捶打著自己。

「紅嘴巴孩子，大家都是忍著寒冷在排隊等待，你不該這麼做啊。」大叔可憐地看著我說完，就轉身走了。

我看著大叔的背影，感覺眼淚就快掉下來了，被誤會是小偷已經夠委屈了，居然還被叫紅嘴巴孩子！可以叫穿藍色外套的孩子、瀏海捲捲的孩子、穿紅色運動鞋的孩子……等有這麼多的名字，為什麼偏偏要叫我紅嘴巴孩子！

「妳為什麼要這樣對我？我沒拿熱狗，妳知道吧？」

「你不是把什麼放到口袋了？」河瑛冷冰冰地說。

「我說我沒有拿過熱狗！」我馬上把口袋翻出來，全部是衛生紙，這是剛剛熱狗店老爺爺說廁所沒衛生紙的時候，我急急忙忙地拿走的。後來在熊的廁所時用了裡面的衛生紙，這些拿了都沒用到。

「妳該不會是看到這個吧？這是熱狗嗎？」

「我是說我看到你放了什麼，我可沒說你放了熱狗吧？」

我呆呆地看著河瑛，她前兩天還不是把話說得這麼流利的孩子。

「妳要去跟熱狗店老爺爺說妳看錯了，然後找出拿走熱狗的真正犯人，我拜託妳說出真相！」

我想洗刷冤屈。

「我只是說出自己看到的，我沒看錯你放入口袋的動作！到底是衛生紙還是熱狗跟我有什麼關係？橡慶奉事件的時候，我幫過你了吧？現在又要我幫忙嗎？我不要，我再也不要幫你了。」河瑛一口氣說完，冷漠地轉身離開了。

「橡慶奉事件是什麼？」瑞玖問道。

「不知道……。」原來是那時候，腦中最深處的霧氣好像散開了，我開始隱隱約約地想起了什麼，那段模糊的記憶慢慢地清晰了。

天呀！我想起我的願望了！同時我感覺全身一下子沒了力氣。

「我為什麼許了那個願望？」我居然誠心誠意地許了那個願望，那是現在完全不需要的願望，與其說不需要，更應該說是害怕實現的願望。

「呀，什麼呀！只是這程度的願望，就讓熊特地從北極來到這裡嗎？」早知道我應該要許一個更遠大的願望。

願望信

椽慶奉事件是發生在一年級的事情，當時的我是個常常哭的孩子，因此無法好好說話，如果想說什麼都要花上一整天的時間。再加上行動緩慢，如果要去操場，我連穿鞋子也要很久。體育課下課後回到教室也是如此，因此體育課時，我會因爲下課沒去廁所的關係，常常發生憋尿到尿出來的狀況——大家都討厭這樣的我，特別是坐隔壁的慶奉特別討厭我，因爲他常說聞到我身上有尿味。

這根本胡說八道，慶奉只是因爲討厭我才這樣說。因爲媽媽每天都會幫我洗澡和換內衣，而且還讓我擦味道好聞的乳液。

只是某一天，慶奉說他的「橡慶奉」不見了。那是慶奉把他的文具用品都加上自己的名字，好像這些都是慶奉的弟弟、妹妹一樣——書包就是書慶奉、筆袋就是筆慶奉、鉛筆就是鉛慶奉一、鉛慶奉二，因此橡皮擦就是橡慶奉。

慶奉說好好放在筆慶奉內的橡慶奉在眨眼之間不見了，還說那是非常貴的橡慶奉。接著慶奉就說我是橡慶奉事件的犯人，大家竟然都相信慶奉說的話。

而我卻無法好好地說出「不是我」這句話，我還想跟大家說明橡慶奉不見的那個時間自己在哪裡，我和橡慶奉完全沒任何關係。但是我無法說出不是我，只是一直哭個不停，老師問我為什麼哭，我只有邊哭邊說著「橡慶奉，橡慶奉」，對當時的我來說光是這句話，就已經是很長的一句話了。

班上沒有叫做橡慶奉的同學，所以老師只好繼續問我橡慶奉是誰。其他同學們只是看著慶奉的臉色，都沒有人願意出面說橡慶奉是什麼，還有我為什麼邊說橡慶奉邊哭。

就在那時候，河瑛站出來說：「慶奉的橡皮擦叫做橡慶奉，應該是筆袋掉在教室地上的時候，橡慶奉從筆袋裡掉出來了。第一節下課的時候，慶奉在整理書本的那時候筆袋有掉在地上，我有看到筆袋是

打開的，橡慶奉應該就這樣滾走了，因為那是個會滾來滾去的圓型橡皮擦。」

慶奉無法反駁河瑛說的話，因爲筆袋掉在地上是事實，而且「橡慶奉」確實也是圓滾滾的橡皮擦。

河瑛的話讓我洗刷了冤屈。

我對於可以一口氣說那麼長一句話的河瑛感到驚奇與佩服，但是我無法開口對她說出謝謝，只能買了當時最受歡迎的動畫人物（莎蘿）圖案的橡皮擦，直接放到河瑛的書包內。

「哇，這是我喜歡的莎蘿，謝謝你，我以後會站在你這邊，有人對你發脾氣的話就跟我說。營養午餐有想要多吃的菜也可以跟我說，不用看著流口水。什麼事情都可以跟我說，我都願意幫你，我們就這樣約好了，只要約定好的話，我絕對不會忘記。」河瑛一邊摸著橡皮擦一邊靠近我耳朵輕輕說著。

「其實我沒有看到橡慶奉滾出去，但是我很確定的是康宇你不會偷橡慶奉，因爲你很善良。」

那天在我眼中，河瑛看起來就像是天使，還是那種擺動巨大白色翅膀，露出燦爛笑容的天使。

之後河瑛一到營養午餐的時間，立刻裝了滿滿的辣炒豬肉放在我的餐盤上，我對河瑛怎麼知道我喜歡辣炒豬肉感到神奇。

於是那天我懇切地跟某人許了願望。

「拜託請讓河瑛的心不會改變，請不要讓她因爲我送了橡皮擦給她，一時之間她因爲這個禮物才那樣對我。」

有河瑛在我身邊守護著我，我感覺再也不害怕了，因此那天我在網路上查詢「不會變心的方法」，看到了「大海盡頭的願望村」的分享文章。

請讓河瑛繼續站在我這一邊，

即使我沒給她禮物，也會站在我這邊。

雖然我每天都想送禮物給她，

但是沒有錢。

如果她站在我這一邊的話，

我也會保護河瑛，真的。

我毫不猶豫地寫下了願望信，我一次次地懇切請求這個願望被實現。當我把裝著願望信的瓶子丟向大海時，內心已經祈求願望實現超過千百次了。

我升上三年級的時候，突然奇蹟般地變了個人——嘴巴開竅、頭腦也開竅了，動作更變快了。同學們漸漸不再嘲笑我很奇怪，我也慢慢地受歡迎，我再也不是一年級時候的羅康宇了。

「我怎麼會這樣徹底地忘記自己寫過願望信了？河瑛應該是因爲知道我想吃熱狗才特別給我的吧？」河瑛如果沒忘記跟我的約定的話，是有可能這樣做的。啊，對了，熱狗掉地上的那天河瑛有說過那樣的話，她說只是想遵守約定而已，我現在總算明白那句話的意思了。

「我是真的很謝謝河瑛，因爲她在橡慶奉事件時幫了我，但是我居然會因爲這樣寫了願望信。」我認為那時候的自己實在不可理喻。

不過奇怪的是當我奇蹟般地變得很會說話，動作也變快後，河瑛卻變得完全相反。升上四年級時我們再次同班，河瑛已經完全是不同人了，再也不是我認識的河瑛了。跟一年級時那種大方爽朗直率的性格不同，她話變少了，也跟同學相處不好，而且不知道發生了什麼事情，她還開始被同學們排擠。

「我是失憶嗎？」居然忘得如此徹底？但再仔細回想，我並不只是忘記了而已。當討厭河瑛的同學們在說她壞話時，我也會加入他們，我甚至還對河瑛說出了就是因爲這樣大家才會討厭妳的話，而那是我在一年級聽到別人曾經對我說過的話。

「但還是很奇怪！河瑛前幾天只要買了熱狗還是會拿給我，卻突然改變了，對我說什麼令人討厭，又說大家都討厭我之類的話。是因爲對我感到徹底失望才那樣嗎？或是冰淇淋的副作用？」

我想不通，決定去找熊。

「我終於想起來我許的願望了。」

「是喔？太好了，是啊是啊。」

「不過最近發生的事情跟願望信上的完全相反。」我坐在熊的面前，把河瑛的事情和我寫在願望信上的內容全都說出來。

「嗯，你已經吃了第四支冰淇淋了吧？如果吃了四支冰淇淋，那就會進入願望準備要實現的階段。不過你曾經渴望的願望，如今變成不是願望的狀況，可能會因此出現一點問題，是啊是啊，就像現在這樣，完全改變了。」

「出現問題會怎樣？」我突然感到害怕，熊靜默非常久都沒回答。

「你把以前常常聽到的話，對河瑛說了吧？」

「不只我，其他人也這樣說了。」

「無論如何當河瑛聽到那些話時，心情會如何你應該最清楚吧？因為你之前也被這樣說過，是啊是啊，你應該知道的。」

「是的，不過又不只我這樣說。」

「河瑛在其他人都不站在你這邊時，她當時站在你這一邊了吧？對吧？」

我突然說不出話來。

「嗯，該怎麼辦呢？現在只剩下最後一支冰淇淋了……不管怎樣，你必須解決這些問題，我一開始就說過了吧，是啊是啊。」

但是，我要用什麼方法來解決這個問題。

「我長久以來讀了許多人的願望信，也為了幫助實現願望去找他們。不過呀，雖然也有人持續渴望著願望信中的心願，也有人徹徹底底地忘記了。關於願望消失的原因有許多種，不過真正的理由只有一個，就是曾經懇求的那個事情已經變得微不足道了，是啊是啊，你也是如此。不過我們一旦收到願望信，就必須做出冰淇淋給預約的人吃。如果願望實現後還是覺得不值得一提的話，就到時候再看著辦，也就是說不論如何，你都有實現願望的責任和義務。是啊是啊，因此我才要搭乘浮冰來到這裡，還有也只有這樣做，你的嘴巴才能夠恢復原狀。」

「請快點實現願望！我要怎樣做才行？」我突然回過神來，對！我的嘴巴！

「願望會實現的，但是事情好像變得有點複雜。你說河瑛變了吧？你就算再怎麼想不到當初的願望，也不應該那樣說話，你讓河瑛受到那樣大的傷害就是不對，是啊是啊。如今河瑛的心改變了，如果她變得太固執的話，就有可能出現問題。」

「你是說願望無法實現嗎？」

「不是，不是的。我會盡力完成我的義務和責任，只是……不，算了，我沒必要說自己的推測，是啊是啊。如果河瑛的心像雪那樣融化的話，就不會有任何問題，你不要太擔心，是啊是啊。」

熊說完一大堆令人擔憂的話之後，卻叫我不要擔心。

小心紅色嘴唇的小孩！

「我真的很討厭聽到的那些話……我卻對河瑛說出口，她聽了會多傷心？」我想起自己對河瑛說的話，當其他人那樣對我說的時候，我有多受傷，我卻無意中也跟著說了那樣傷人的話。而且還是曾經是站在我這一邊的河瑛，當她聽到我這樣說的時候，她的內心可能更加痛苦好幾倍，一想到這些，我就內疚到不知道如何跟河瑛道歉了。

我在吃早餐的時候，瑞玖打電話過來了。

「康宇，那個熱狗店呀，聽說只開到明天！我們吃熱狗的機會只剩今天和明天了。」

「真的？」我心情突然舒坦多了，因為一想到被視為熱狗小偷的事情就覺得可怕。如果要結束營業的話，最好今天馬上就關店，我忍不住這樣想。

「社群網站上的討論多到炸開了！聽說昨天就已經貼出公告了，不過昨天因爲你被誤會是小偷的關係，現場一片混亂，我們才沒注意到公告。現在怎麼辦？因爲你被誤會是熱狗小偷，我原本打算這幾天不去熱狗店的。老闆爺爺雖然免費給那位大叔兩支熱狗，來結束那場鬧劇，但是並沒有洗刷的你冤屈，其他人可能還會繼續誤會你，如果你出現的話，可能會被說是那個偷熱狗的小孩，因此我打算等人們差不多淡忘後再去的，沒想到竟然就要結束營業了……怎麼辦？我一個人去會比較好吧？你不能去對吧？」

「對，我當然不能去。」

「也是，那我一個人去，因爲我真的很想吃。」瑞玖還說他這次一定會成功買到，然後回家時順便把熱狗拿給我。

跟瑞玖講完電話後，我查了氣象預報——零下二度。看來今天沒有冰淇淋，我走到鏡子前看著自己的嘴巴，感覺比昨天又更紅了。

「我是不是應該去和河瑛道歉？」這是我徹夜不睡想出來的結

論，並不全是為了讓嘴巴恢復原貌，而是真心對河瑛感到抱歉。

這時候瑞玖再次打來電話。

「大事不妙！我剛剛又去看了社群網站，不過……怎麼辦？」

「怎麼了？發生什麼事？」

「我截圖給你，先看完後我們再說。」瑞玖掛掉電話之後，立刻用通訊軟體傳來一張照片，我一看到就感到眼前變得一片漆黑。

雖然照片用馬賽克處理過，但是認識我的人一看照片就可以認出來，尤其對方還寫上我最明顯的特徵——紅色嘴巴的孩子。

我被嚇得頭昏腦脹，等我好不容易振作起來後，才打電話給瑞玖。

「這樣沒有本人同意就把照片上傳到網路，不是違法的嗎？你馬

8:31

Search

新貼文 +2

issue_1

跟大家公告一下，

生意火紅的熱狗店明天就要停止營業了。

加上氣溫可能提升，預計會有大批人潮聚集而來。

在許多人聚集的熱狗店，最一定要小心的事情

就是保護好熱狗。

請大家絕對不要把熱狗隨便放，

而人卻去其他地方辦事情。

特別是這孩子要特別注意，請大家最好記住。

（紅色嘴巴的孩子已經不是秘密！）

上幫我留言說必須刪除照片。」

「據說馬賽克處理過的照片就沒關係。」

「那我該怎麼辦？」

「好像沒辦法！不過你不用擔心，反正熱狗店就要停止營業了，再過幾天大家都會忘記熱狗店的事件了。」瑞玖不痛不癢地說道。

「你難道不知道只要在網路上瘋傳過的照片，還是會繼續被傳來傳去嗎？以後只要在網路搜尋熱狗兩字，馬上就會出現我的照片了。」

「那要怎麼辦才好？就算留言說要刪除，對方可能也不會聽，也許對方還會要你拿證據拿出來再說。」

「我放在口袋的，真的只是衛生紙。」

「必須要有人看到你把衛生紙放入口袋，對，就是證人！這時候最重要的是找出證人或證據。」

「河瑛知道。」這時候我想起來，她有看到我翻出口袋。

「但是河瑛可能不會站在你這一邊了，說真的你已經把河瑛的自尊心傷得太深了。雖然你是我的朋友，但是事實就是事實，要拜託她是不太可能了，不然我先去試探一下人們怎樣議論你吧。」瑞玖無奈的說完後，還安慰我不要擔心。

準備出門做生意的媽媽原本正在穿鞋子，突然看到我哭喪著臉的樣子。

「天呀，怎麼辦！嘴巴變得更紅了，紅到那種讓人擔心會不會連餐具也沾上紅色的程度！真的要快點帶你去檢查才行，沒想到只是做個檢查而已，居然要等那麼久，這合理嗎？」

我也想握著媽媽的手大哭一場，我到底為什麼會變成這樣？

「沒關係、沒關係，是媽媽太擔心了！讓康宇更擔心了呀，你就算是永遠嘴巴都紅紅的，也還是爸爸媽媽最寶貝的兒子，知道嗎？所以你不用怕，一樣要好好吃午餐，如果你今天想吃雜醬麵，就到店裡來吧？」媽媽邊摸著我的頭邊說。

我為了外出得戴上口罩，如今不戴口罩就無法出門的地步了。尤其為了以防被認出，我還特意換了黑色外套。

熊正在做冰淇淋。

咔嚓咔嚓，冰淇淋器具旋轉的聲音現在聽起來格外熟悉，加上今天是製作最後一支冰淇淋的日子，那聲音就像年糕緊緊地黏著耳朵。

「擔心嘴巴對吧？是啊是啊，當然會擔心。不過寫願望信給我的人們當願望實現後，有點問題的事情都恢復原狀了。你不用太擔心，最後一支冰淇淋可以幫你，因爲我真的是竭盡了全力做冰淇淋。」

「熊先生幫我做好最後一個冰淇淋之後，要去哪裡？」

「我要去找另外一位給我寫願望信的人，這次那個人的願望和時間做成的是藍色液體，所以會做出藍色的冰淇淋，是啊是啊。」

「那裡是哪裡？」

熊沒回答，只是對我笑了笑。

「也是要拉著載販賣機的手拉車去那裡嗎？」

「沒錯。」

「這次請看清楚地址再去，您這次來這裡的時候，好像是先到向陽村了？」

「我常常犯那種錯，沒關係，是啊是啊。這也會成為重要的回憶，是啊是啊，會成為重要的回憶。」

「那個人的嘴巴，是不是就會變成藍色？」

「我也不知道，是嘴巴變成藍色，還是鼻子變成藍色。」

「不過，熊先生，那裡面到底是什麼？」我指了指那個又扁又圓的桶子，熊好像曾經坐在那裡吃過什麼。

「那是保鮮桶，保存從北極願望村捕到的魚！如今願望村已經再也抓不到魚了，所以桶內的魚是僅存的魚。也是我在最後一次旅行期間，幫大家實現願望回到北極之前的食物，是啊是啊。」

這時候瑞玖傳來簡訊。

我看完簡訊後，忍不住大哭起來。

那個社群網站的人好像是名人。

該怎麼辦？如果那人不刪除照片的話，如你所說好像真的就會在網路上繼續被傳來傳去！

願望實現了

「這根本就是北極的天氣！今天即使用冰塊來蓋房子也不會融化吧？怎麼能這樣寒冷？」

我聽到媽媽的聲音後睜開了眼，一開窗，迎面而來的凜冽空氣讓我瞬間清醒了。原來正在下暴風雪，只要呼出一口氣，氣息就像煙霧散開來。我即使沒有查氣象，也知道今天低於零下十五度，今天是吃最後一個冰淇淋的日子。我站在鏡子前，盯著自己的紅色嘴巴非常久。

我看著鏡子，認真思考實現願望後自己要做什麼——雖然還沒頭緒，但是我一定要做什麼才行。

「康宇呀，你今天絕對不要外出！這麼冷的日子，有可能在路邊被凍僵，就再也回不了家。」媽媽出門做生意時，再三叮嚀我。

但是我還是出門了。

公寓前的路上一片寂靜，我立刻找到販賣機買冰淇淋。

「好可惜！之後再也吃不到這好吃的味道了。」我懷著珍惜的心吃完冰淇淋，突然我感覺頭腦變得清晰了，接著奇怪的事情發生了。

「我今天第一優先要做的事，就是去熱狗店。」我不能讓那張照片留在網路上。

「然後，今天要做的第二件事情是……我要去見河瑛，無論如何都要纏著她說出事實，就這麼辦！」雖然我不知道河瑛是否願意聽我的話。但這是我一定要做的事，我必須去做，才能心安理得的繼續活下去，不做的話大概到死之前都無法釋懷。

我立刻傳簡訊給瑞玖，約他在熱狗店見面。

即使下著暴風雪，熱狗店前的隊伍還是很長，可能是最後一天營業的關係，隊伍比平時更長了。

瑞玖回訊息說因爲暴風雪的關係無法走太快，所以他會晚點到。

我走向熱狗老闆爺爺，我必須跟老爺爺說清楚，那天真的太慌亂了，所以沒有好好地說。

「我沒有拿走裝有熱狗的袋子，我放在口袋的是衛生紙。」

「嗯，好吧，知道了。」老爺爺邊做熱狗邊敷衍地回答我。

「老爺爺！」

「好，我知道了，不過你來的時候沒看到那孩子嗎？」

「誰？」

「把熱狗先讓給你吃的那個孩子！今天已經這時間了還沒出現，她沒有一天不來！她快點來的話，還有可能買得到熱狗，再晚一點我擔心她買不到。」

「會不會是她今天不想吃熱狗？」我猜老爺爺應該是在說河瑛，這樣說來確實沒看到她，我今天也必須見到河瑛，因此開始有點焦慮。

「那孩子不是為了自己要吃才來買！聽說是爸爸發生事故後，胃口變差的關係不管吃什麼都沒味道。但是好像熱狗和甜甜圈還可以吃出味道，所以從她爸爸吃過我家的熱狗之後，她就每天排隊都來買。我原本打算今天要給她做一個超大熱狗，但是還沒看到她來。」

「事故嗎？河瑛爸爸遇到什麼事故了？」

「我也不知道，聽說一年半前發生事故後，因爲後遺症過得很痛苦。為什麼還不來呢？至少現在要來排隊才可以買得到。」老爺爺露出心急如焚的表情。

「哎呀，這是哪位呀？不就是紅嘴巴孩子嗎？即使你換件外套加上戴口罩，我還是一眼就認出你了。你難道沒看社群網站嗎？你，現

在變得非常有名了喔！」這時那位面目猙獰的大叔出現了。

「我沒拿走熱狗！我放在口袋的是衛生紙！」

「噗，現在還有人會相信你說的話嗎？不管怎麼說，大家也應該要注意自己的熱狗了。」大叔看著排在最前面的人群，咧著嘴笑。

「不管你信不信，我說的是真的。」我生氣地說完後，走到隊伍的最後面。

「河瑛會變了個人，是不是跟她爸爸的事故有關呢？」不知道為何我感覺就是因爲這個原因。

就在終於輪到我買熱狗的時候，河瑛出現了，她滿臉擔憂地望著漫長的隊伍。

「看起來熱狗已經賣完了。」老爺爺用難過的表情看著河瑛。

我立刻走向河瑛，一句話也沒說，只是把熱狗伸到她面前。

「為什麼？」河瑛猶豫地退後幾步。

「對不起。」我吸了一大口氣後，真心誠意地說。

「我把聽了會受傷的話對你說，還有無腦地跟著其他人對妳做的事情，全部都對不起。」

「你現在該不會是想叫我當你的證人？要我幫忙作證，說你放在口袋的是衛生紙而不是熱狗吧？」河瑛的口氣超級冷漠。

我好不容易下定決心道歉，她居然這樣說我，我感到很委屈，不過站在河瑛的立場來看，確實是會這樣想。

「不是，我回去仔細思考了，當自己聽到那些話時是怎樣的心情——那種不想去學校、只想去到沒人的地方，甚至想消失……的感覺。」

「這段時間謝謝您了！我爸爸很喜歡，他說非常好吃。」河瑛假裝沒聽到我說的話，向熱狗老闆爺爺鞠躬道謝。

「給妳吃，我不太喜歡熱狗。」我再次把熱狗拿給河瑛。

「哎呦，紅嘴巴孩子，你應該知道一個人一天之內不能買第二次吧？這是熱狗店的規定。意思就是你把買的熱狗給別人的話，也不能再買。你偷別人的熱狗還不夠，我看你如果還破壞規定的話，真的更糟糕了。」這時大叔突然大聲說。

「我，不買，我不買了！看現在的隊伍也知道買不到！還有，我說過我只是把熱狗店的衛生紙放口袋，你是要我說幾次才明白？」我雙手握緊拳頭大聲喊。

「哎呀，犯了錯還敢這樣大聲說話，看來真不是普通的小孩。喔喔，這個場面應該要有人也拍張照片，上傳到社群網站才對！拿走熱狗的孩子對失去熱狗的人無禮頂撞的模樣。」

「不是這樣的。」就在這時候，河瑛往前走了兩步。

「他放入口袋內的不是熱狗，而是熱狗店的衛生紙！」

「妳為什麼突然這樣說？難道因爲他給你熱狗，就可以改變心意了？一支熱狗就可以讓妳出賣良心。」大叔尖聲大叫。

「我有證據。」河瑛拿出手機，好像在相簿裡找什麼。

「這個影片就是證據！有錄到康宇把衛生紙放入口袋的畫面！我不是故意拍這個場面，而是我知道熱狗店就要停止營業了才拍的，因爲我也想做出跟這家店味道一模一樣的熱狗。因此我錄影紀錄要炸幾分鐘、要在砂糖盤上轉幾圈的數據。如果你不相信，可以拿去看。」

河瑛把手機遞給大叔。

「為什麼現在才說出來？妳前天明明說這紅嘴巴孩子把熱狗袋子放在口袋。」看完影片的大叔生氣地問道。

拜託不要再叫我紅嘴巴孩子了，要是常常這樣說，好像我的名字就是這個了。

熱狗

「我什麼時候說把熱狗袋子放口袋了？我是說他有放了什麼吧？砂糖盤子旁邊一開始就沒有熱狗袋子這種東西，康宇在把衛生紙放入口袋之前沒有，那之後也沒有，不管看幾次影片都還是沒有，大叔你應該是把熱狗袋子放在其他地方後搞混了。」

「妳說我放在其他地方了？搞混了？」大叔氣得跺腳。

「我也不知道，總之你應該是一位糊塗的大叔，只要看這個影片就知道了，如果大家不相信的話，可以來看。」河瑛把手機舉高後轉向人群。

面目猙獰的大叔就趁亂靜悄悄地溜走了。

「今天的生麵糰都用完了！這段時間感謝大家的捧場。」老爺爺說完，一一收拾著物品之後便關上了店門。

我再次把熱狗拿給河瑛，這次她稍微猶豫了之後，收下了熱狗。

「謝謝！有人正在等熱狗……我先走了。」河瑛說完急忙要走。

「真的，很對不起。」我輕輕抓住轉身離去的河瑛，再次真心的道歉。

河瑛這次用微笑代替了回答，我想微笑應該是接受道歉的意思吧？我心裡還很想知道另一件事情，我接著趕快開口再繼續問。

「我有事情想要問你，當時說無論何時都站在我這邊的妳，那樣的心，現在也沒變吧？」

「當然！我只要約定過，就會守護到底！雖然有可能只是微不足道的約定，但是不論如何的約定都不是重點，因爲對我而言信守承諾都一樣重要。」

「如果妳的心沒有改變，那這幾天妳為什麼會對我這樣？」

「這個我也不知道！可能是對你非常失望吧？我也嚇了一跳自己會這樣，就像中了邪！總之，我先走了。」河瑛揮揮手，就跑走了。

我想把這個事情告訴熊，於是走到熱狗店後面，但是這次我怎樣也找不到那個門，我只好再次回到熱狗店前面。

「你沒買到？到最後一天還是沒吃到？實在是拿你沒辦法！不

過，康宇，你有去醫院了嗎？嘴巴復原了沒？」瑞玖出現了，他一邊看著我的雙手空空，一邊問我。

聽到瑞玖這麼問，我趕緊脫下口罩，拿手機自拍功能來看看自己的嘴巴。

我已經恢復成我原

本的嘴巴了。

我驚訝得趕緊跑去放置販賣機的位置，沒想到連販賣機也消失了，原本的位置積滿了雪。

「販賣機也突然消失了。」

瑞玖說販賣機主人說不定夏天會再來賣冰淇淋。

熊、販賣機還有冰淇淋都消失得無影無蹤，不過我們不能因爲眼睛沒看到，就說這些不曾發生過。

「我的心，也是如此。」曾經那樣渴求過的願望，隨著時間流逝有可能變得微不足道，不過那份懇切的心卻不會因此改變，還有我會永遠記得熊，絕對不會忘記。

「你做得很棒！不論是什麼願望，如果想實現的話，你就必須去努力。你真的完成了重要的事情！你真的做得非常棒，是啊是啊。」

我好像有聽到熊的聲音，我馬上轉身查看，眼前只有暴風雪迎面而來，我默默地看著放過販賣機的位置，以為熊會和之前那樣一邊說「是啊是啊」的一邊出現。

幾天後，我家信箱內出現一封信。

您專屬的販賣機停止營業了。

恭喜您實現願望。

來自搭乘浮冰而來的熊

是啊是啊！

結尾

河瑛拿出信箱內的甜圈圈廣告單，正在歪著頭看著，突然她看到後面還有一只藍色信封，接著拿出信封內的紙張來讀。

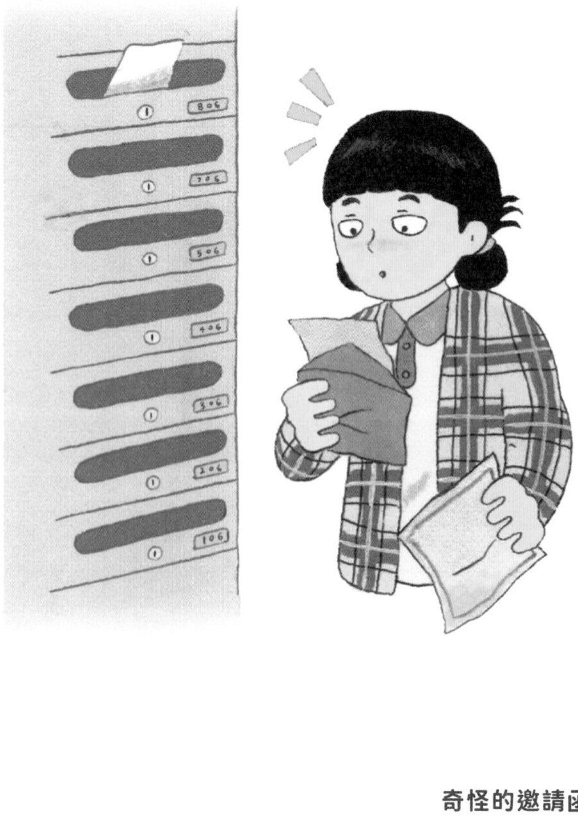

-邀請函-

您等了許久了嗎？
應該望穿秋水等了很久了。
非常抱歉拖到這麼晚！
因爲菜單有改，所以才需要
多一點時間準備。
本週六您的專屬自動販賣機
終於要開張了！

*注意：氣溫零下二十度以下的天氣無法使用！

作者的話

世界上沒有微不足道的願望

我在國小四年級的時候，有一個心心念念的願望——環遊世界旅行。尤其看過童話書中的主角，即使其他人跟他說不可能，但他還是根據自己的計劃完成世界旅行時，讓我充滿了羨慕，不過當時我還是小學生，不要說出國旅行了，我其實就連飛機都不曾搭過。

「如果您實現我的願望，我一定會當一個善良的人。如果您實現我的願望，可以拿走我最重要的東西之一。」

當時我每天都如此跟某位神明祈求著，然後懷抱著這個夢想，開始用心學習想去國家的相關知識。

童話書中出現的世界各國的朋友們，就像真實朋友那樣熱情，一想到可以親自見到這些朋友們，我內心激動也充滿了期待。

那麼，我的願望實現了嗎？

時光流逝，當我成為大人以後，在國小時那樣渴望的願望，變成了一個微不足道的願望了。

因爲現在的我只要下定決心，就可以去世界各地旅行。只是人生逐漸出現跟國小時期不同的問題，那就是旅行需要時間和金錢。重點是我也不再有兒時那樣的渴望了，至少對我來說，絕對不是現階段最重要的事情了。

大家現在有非常渴求的願望嗎？我指的是讓你渴求到願意用最珍貴的東西去交換的願望，只是沒想到就算如此，這些願望或許有一天也會變得微不足道。不過最重要的其實是，當我們為了實現這些非常渴求的願望時，自己不知不覺中所付出的努力。

大家是否因爲喜歡某人，而許願讓對方也喜歡自己的願望呢？是不是為了實現這個願望，會更努力地充實自己，讓對方有機會也喜歡自己。

因此在這個世界上，沒有所謂微不足道的願望。所以北極熊才會直到最後一刻也要竭盡心力、全力以赴，努力地做自己應該要做的事情。

大家的願望是什麼呢？我會為大家的重要願望加油鼓舞。

搭乘浮冰而來的熊的朋友

童話作家 朴賢淑

故事館 051

奇怪的邀請函1：奇怪的冰淇淋

이상한 초대장 1 아이스크림의 비밀

作　　者　朴賢淑（박현숙）
繪　　者　鞠敏智（국민지））
譯　　者　劉小妮
責任編輯　蔡宜娟
語文審訂　張銀盛（台灣師大國文碩士）
封面設計　張天薪
內頁設計　連紫吟・曹任華

出版發行　采實文化事業股份有限公司
童書行銷　張惠屏・張敏莉・張詠涓
業務發行　張世明・林踏欣・林坤蓉・王貞玉
國際版權　施維眞・劉靜茹
印務採購　曾玉霞
會計行政　許俽瑀・李韶婉・張婕莛
法律顧問　第一國際法律事務所　余淑杏律師
電子信箱　acme@acmebook.com.tw
采實官網　www.acmebook.com.tw
采實臉書　www.facebook.com/acmebook01
采實童書粉絲團　https://www.facebook.com/acmestory/

ISBN　9786263497016
定　　價　320元
初版一刷　2024 年 6 月
劃撥帳號　50148859
劃撥戶名　采實文化事業股份有限公司
104台北市中山區南京東路二段95號9樓
電話：(02)2511-9798　傳眞：(02)2571-3298

國家圖書館出版品預行編目資料

奇怪的邀請函 . 1, 奇怪的冰淇淋 / 朴賢淑作 ; 鞠敏智繪 ; 劉小妮譯 . -- 初版 . -- 臺北市 : 采實文化事業股份有限公司 , 2024.06
192 面 ; 14.8×21 公分 . -- (故事館 ; 51)
譯自 : 이상한 초대장 . 1, 아이스크림의 비밀
ISBN 978-626-349-701-6 (平裝)
862.596　113006942

線上讀者回函

立即掃描 QR Code 或輸入下方網址，連結采實文化線上讀者回函，未來會不定期寄送書訊、活動消息，並有機會免費參加抽獎活動。

https://bit.ly/37oKZEa